Madres y perros

Madres y perros

Fabio Morábito

sextopiso

Copyright © Fabio Morábito, 2016

Primera edición: 2016

Imagen de portada
KARL WESCHKE, *Feeding Dog, 1976-7*.
Pintura al óleo sobre tela, 197.7 x 152.3 cm
© Tate, London 2015

Copyright © EDITORIAL SEXTO PISO, S.A. DE C.V., 2016
París #35-A
Colonia Del Carmen,
Coyoacán, C.P. 04100, México, D.F.

SEXTO PISO ESPAÑA, S. L.
c/ Los Madrazo, 24, bajo A
28014, Madrid, España.

www.sextopiso.com

Diseño
ESTUDIO JOAQUÍN GALLEGO

Formación
QUINTA DEL AGUA EDICIONES

ISBN: 978-607-9436-35-3

El autor agradece al Sistema Nacional de
Creadores del FONCA el apoyo otorgado
para la escritura de este libro.   Impreso en México

ÍNDICE

EL VELERO

El letrero que anunciaba la venta estaba colocado en la ventana de la habitación que había sido suya y de su hermano. Ricaño sacó del bolsillo del saco un pedazo de papel para anotar el número de teléfono de la agencia y luego dio unos pasos hacia atrás para contemplar el edificio de cinco pisos donde había nacido. Comparado con los nuevos inmuebles de la calle, era notorio su aspecto vetusto. Cruzó hasta la otra acera para entrar en un café, cuyo local había sido ocupado en su infancia por una verdulería, y se dirigió al teléfono. Marcó el número que acababa de anotar y le contestó una voz de mujer. Ricaño dijo que le interesaba ver el departamento que estaba en venta y la mujer le hizo una somera descripción del mismo antes de decirle el precio. Él confirmó que quería verlo y la otra le advirtió: «Todavía está habitado por los que lo rentan. Se lo digo porque hay personas que no les gusta ver un departamento con gente adentro». Ricaño dijo que era mejor así, porque uno se daba una mejor idea del espacio cuando tenía muebles. La mujer dijo que hablaría en seguida con los inquilinos para anunciarles su visita y citó a Ricaño a las cuatro de la tarde en la entrada del edificio. Le preguntó su nombre y él contestó «Santibáñez».

Después de colgar pidió un café en la barra. Se dio un plazo de veinte minutos. Estimó que era un tiempo suficiente para que la mujer de la agencia llamara a los inquilinos, anunciándoles su visita por la tarde. Pidió un segundo café y echó una ojeada al periódico deportivo que alguien había dejado sobre una mesa. Miró su reloj, pagó y cruzó la calle. Tocó el timbre del interfono y le contestó una niña. Dijo que era la persona interesada en comprar el departamento. Escuchó un ruido en el aparato y unos segundos después una voz de mujer preguntó quién era.

—Soy el señor Santibáñez, la persona interesada en comprar el departamento —repitió Ricaño.

—¿No iba a venir en la tarde?

—Sí, pero ya que estoy aquí me convendría verlo de una vez, si no es molestia.

La mujer le dijo que esperara un momento y él escuchó el ruido rasposo que se produce al tapar la bocina con una mano. Pegó la cara al vidrio para ver el interior del edificio y vio que todo seguía igual, con el vestíbulo cruzado por la tira de linóleo que conducía al elevador y a las escaleras. Pasaron algunos minutos y estaba a punto de volver a tocar el timbre, cuando vio a una muchacha que se acercaba desde el fondo del pasillo. La chica observó a Ricaño a través del vidrio y abrió el portón.

—¿El señor Santibáñez? —preguntó.

—El mismo.

Lo invitó a pasar. Mientras la seguía, le calculó unos dieciséis años. Subieron los cinco escalones que conducían al pasillo de los departamentos de la planta baja y la muchacha golpeó tres veces la puerta con los nudillos. Él leyó el apellido en la pequeña placa junto al timbre: Del Valle. Abrió una mujer de unos cuarenta años, cuyas facciones no dejaban duda de que era la madre de la muchacha.

—Pase, y disculpe el tiradero —dijo sin tenderle la mano.

—Quien se disculpa soy yo —dijo Ricaño, y le bastó pararse en el vestíbulo para tener la certeza traumática de haber sido un niño entre esas paredes. Lo estremeció volver a ver los dinteles, los picaportes de las puertas y sobre todo las baldosas del piso. Se había inmovilizado y la mujer, al verlo cohibido, le dijo—: Pase por aquí, por favor. —Pero él, en lugar de seguirla, se apretó el puente de la nariz para contener la emoción. Ella le preguntó si se sentía bien—. Disculpe —dijo Ricaño, que se había cubierto el rostro con una mano. En ese momento apareció una niña de cuatro o cinco años.

—¿Por qué llora el señor, mamá? —preguntó en voz baja.

Ricaño giró la cara a un lado para que la niña no lo viera, se dio media vuelta y abrió la puerta para irse, pero estaba asegurada con un pasador de cadena; intentó destrabarla y la muchacha acudió en su ayuda, quitó la cadenita y abrió la puerta. Ricaño salió y se detuvo en el rellano.

—¿Se siente mal, señor Santibáñez? —volvió a preguntar la madre de las niñas. Él sacó unos *kleenex* del bolsillo del saco y se secó los ojos.

—Disculpe —dijo—, esta casa me trae muchos recuerdos.

—¿Ya la conocía?

—Aquí viví toda mi infancia. —Volvió a apretarse el puente de la nariz y sonrió débilmente—: Vivo en el extranjero desde hace cuarenta años. Siempre que regreso, vengo aquí. Hace tres años me animé a tocar el timbre y me contestó un anciano, le pedí permiso para entrar y se negó. La gente se ha vuelto desconfiada. Por eso, cuando vi el letrero de la venta, pensé que era la oportunidad que había esperado.

—O sea que no le interesa comprarlo —dijo la muchacha.

—No, la verdad no me interesa, sólo quería entrar. Les pido una disculpa.

—¡Nos dijo una mentira! —exclamó la muchacha, mirando a su madre. Ricaño se guardó el *kleenex* en un bolsillo e hizo el ademán de retirarse.

—Espere —dijo la madre—. Ya que entró, mire el departamento, si quiere.

La muchacha, contrariada, tomó de la mano a la niña, le dijo «¡Ven!» y se encerró con ella en una de las habitaciones, dando un portazo.

La mujer miró a Ricaño:

—Por aquí, señor Santibáñez.

—No me llamo Santibáñez —dijo él—. Le di a la señora de la agencia el nombre de un amigo mío, no sé por qué. Me llamo Ricaño, mire. Sacó la cartera, extrajo una credencial y se la mostró a la mujer, que le echó un vistazo y dijo—: No le haga caso a mi hija, cayó usted en un mal día, hoy hace tres meses murió mi esposo.

—Lo siento, señora. Escogí un mal momento para molestarlas.

—Venga, aquí está la cocina.

—Lo sé, y ésta es la puerta del baño. Viví aquí once años.

La mujer le mostró el departamento y en cada habitación Ricaño se asomó a la ventana; todas las ventanas daban a la misma calle y en cada una se detuvo un rato, como si las diferentes vistas le trajeran diferentes recuerdos. Cuando entraron en el cuarto de la muchacha, ésta se llevó a su hermanita al cuarto de junto. Por último, entraron en el baño. Lo primero en que se fijó Ricaño fueron las losetas del piso; se sentó en el borde de la tina para mirarlas y le dijo a la mujer: —¡Recuerdo cada una de las manchas de estas losetas! Fíjese en ésta, parece la cabeza de un dragón, y ésta es la del viejito del bastón… ¿lo ve?

La mujer se inclinó para mirar la mancha. Él le dijo:

—Mire esta otra… ¿qué le trae a la mente?

—No sé… un velero, tal vez.

—¡Exacto! ¡No sabe cuántos pleitos tuve con mi hermano por esta mancha! Él insistía que era un tiburón, por esta raya de aquí, pero para mí fue claro desde el principio que era un velero.

—También podría ser un tiburón.

—¿Y la aleta? Siempre le dije a mi hermano que para ser tiburón le falta la aleta.

—Aquí está —dijo ella, señalando una excrecencia menuda.

—¡Demasiado chica! —se rió él—. Usted es peor que mi hermano.

En ese momento asomó la niña, pero no se atrevió a entrar.

—Ven, niña —dijo Ricaño—, dime qué ves aquí.

La niña se acercó y observó la mancha que él le señalaba.

—No sé —dijo, y soltó una carcajada.

—¿No se parece a ningún animal? —le preguntó su madre.

—Señora, está llevando agua a su molino —protestó Ricaño. También la hija mayor se había parado en la puerta y los observaba.

—Rosario —dijo la madre—, mira esta mancha.

La muchacha, sin mirar a Ricaño, se acercó a mirar la loseta.

—¿Qué es lo que ves?

—Parece un barco de vela.

—¿Ya lo ve? —exclamó Ricaño.

—Pero parece también un tiburón —dijo su madre.

La muchacha volvió a fijarse en la mancha y negó con la cabeza.

—No —dijo—. Le falta la aleta, no se parece a un tiburón.

14

—¿Qué le dije? —prorrumpió Ricaño, y acarició a la hija menor, que se aferró en seguida a la falda de su madre y le pidió que la cargara. Su madre la complació y, con su hija en brazos, le preguntó a Ricaño:

—¿Dónde vive usted?

—En Australia. En Melbourne.

—¿Dónde fueron los Juegos Olímpicos?

—Bueno, fueron en Sidney, señora, pero también hubo Olimpiadas en Melbourne. En 1956.

La mujer asintió, luego dijo:

—¿Gusta un café?

Ricaño miró de reojo a la hija mayor y tomó su expresión distraída como una autorización a quedarse:

—Me encantaría, pero ya les quité mucho tiempo.

—Lo hago en un minuto —dijo la mujer.

Se trasladaron a la cocina, Ricaño se sentó en una silla y la mujer preparó una cafetera para exprés, la puso sobre la estufa y encendió el fuego. La muchacha regañó a la niña por acercarse demasiado a la estufa. Ricaño le preguntó a la mujer desde hacía cuánto tiempo rentaban aquel departamento y ella le contestó que llevaban dos años.

Él asintió, y dijo:

—Teníamos una mesa muy parecida a ésta, señora, pero en aquel rincón, no aquí.

—¡Se lo he dicho un montón de veces —exclamó la muchacha—, pero no me hace caso! Dice que en este rincón hay poca luz.

—La verdad sea dicha, señora, ganarían ustedes espacio, y en cuanto a la luz, no se crea, hay más que suficiente.

—¿Qué caso tiene hacer cambios ahora? —preguntó la mujer.

—¡Mamá, el letrero de venta lleva seis meses! —replicó la muchacha—. Puede que pasen otros seis antes de que se venda. Y, dirigiéndose a Ricaño, le preguntó—: ¿Usted me ayuda, señor?

—¿A qué?

—A mover la mesa.

—Si no le molesta a tu mamá…

—Haz lo que quieras —dijo su madre, y apagó el fuego debajo de la cafetera. La hija se acercó a la mesa, Ricaño se puso de pie, entre los dos la escombraron, quitaron el mantel y la transportaron hasta el rincón más alejado de la ventana.

—Mire usted, señora, cuánto espacio se gana —dijo Ricaño.

—Sí, pero la mesa queda a oscuras —replicó ella.

—Por culpa del refri, pero si ponemos el refrigerador aquí, como lo teníamos nosotros, la mesa tendrá luz suficiente.

Él y la muchacha movieron fatigosamente el refri de lugar, mientras la dueña de la casa servía el café en dos tazas. En efecto, la mesa, sin el refri de por medio, recibía bastante luz.

—¡Se ve mucho mejor! —dijo la hija.

—¡Así era! ¡Justo como está ahora! —exclamó Ricaño, mirando la nueva distribución de la cocina.

Tomó la taza de café que le ofreció la mujer y volvió a sentarse. Estaba sudado después de mover el refri. La muchacha quiso saber cuál había sido su cuarto y cuando Ricaño le contestó que el mismo donde dormían ella y su hermanita, le preguntó si tenían las camas emplazadas de la misma forma.

—No, las teníamos en ángulo. Si quieres, te muestro.

Se trasladaron al cuarto de las niñas. Ricaño les mostró cómo su cama y la de su hermano habían formado una escuadra entre una pared y otra.

—¡Qué extraño! ¿Y dormían bien? —preguntó la hija.

—Si te fijas, es la mejor manera de ponerlas. Si lo hicieran así, ganarían espacio para un escritorio.

—¿Dónde?

—Aquí —dijo Ricaño, abriendo los brazos para indicar su tamaño. La muchacha visualizó en seguida la nueva disposición del cuarto y miró a su madre:

—Má, no perdemos nada con probar. Aprovechemos que el señor nos puede echar una mano. Si no nos gusta, volvemos a poner todo como estaba.

—Haz lo que quieras, voy por más café —repitió su madre y regresó a la cocina. Ricaño y la muchacha quitaron los libros del librero para desplazarlo más fácilmente y luego movieron las dos camas. Cuando terminaron, la mujer había vuelto de la cocina y se sentó en una de ellas. No había traído más café. Ricaño respiraba con fatiga; mover el librero y las camas había resultado más duro que desplazar el refrigerador. La muchacha era la más animada.

—Queda lugar hasta para un pequeño librero —dijo—. Podemos ponerlo aquí.

—Mejor acá —sugirió Ricaño, indicando el rincón junto a la ventana.

—¡Basta! —exclamó la madre, irritada, y se puso de pie. La hija palideció y le preguntó qué ocurría, a lo que la madre la miró con rabia—: ¿De qué sirve cambiar los muebles de lugar, si nos vamos a ir? Y usted, señor Santibáñez…

—Ricaño —corrigió él.

—Ricaño o como se llame… llega usted y nos mueve todo de lugar, porque cuando era usted niño la mesa estaba ahí, y el librero acá, y la cama de tal manera… ¡Usted y su infancia!

—Señora, yo…

—¡Vino nomás a alborotarnos! —se dio media vuelta y salió de la habitación.

Ricaño miró a la muchacha, que se sentó sobre la otra cama y parecía haber perdido todo su entusiasmo.

—Mi mamá está muy sensible —le dijo—, hoy, hace tres meses, murió mi papá.

—Sí, ya me lo dijo.

—Tiene razón. ¿Para qué mover todo, si nos vamos? Es mejor que se vaya.

Ricaño se puso de pie, se acercó a la ventana y miró la calle, empañando el vidrio con su aliento. Tenía todavía la respiración pesada por el esfuerzo realizado. Volteó hacia la muchacha y le dijo:

—Pregúntale a tu mamá si quiere que ponga las cosas como estaban.

La muchacha fue a la cocina. Las oyó discutir. Cuando la hija reapareció, le dijo con sequedad:

—Que deje las cosas como están.

Él salió de la habitación, fue hasta la puerta del departamento y trató de abrirla, pero estaba asegurada con la cadenita. La hija destrabó la cadenita, abrió y Ricaño salió al rellano. La otra cerró de un portazo y él se quedó inmóvil, dando la espalda a esa puerta que había abierto y cerrado una infinidad de veces; empezó a andar hacia los cinco escalones que conducían al vestíbulo, los bajó, caminó hasta el portón, lo abrió y salió a la calle; cruzó hasta el café de enfrente, se acercó a la barra y pidió un exprés. Desde la barra miró una vez más las ventanas de su antiguo departamento. Se imaginó a la madre y a la hija discutiendo, indecisas sobre si dejar las cosas como estaban o ponerlas otra vez en su sitio. Les había hecho un favor y ellas lo habían echado. Al menos le habría gustado averiguar si iban a acatar sus modificaciones. Tal vez no iban a mover nada ahora, pero al día siguiente, en la mañana, mirando las cosas con nuevos ojos, volverían a poner todo en su lugar, y todos sus esfuerzos no habrían servido para nada.

Tomó el exprés en dos tragos, se dirigió al teléfono, que estaba junto al baño, y marcó el número de la agencia. Le contestó la mujer con quien había hablado una hora antes.

19

—Soy Santibáñez —dijo.

—Sí, señor Santibáñez, dígame.

—Acabo de ver el departamento —dijo—. Después de hablar con usted me acordé de un compromiso que tengo en la tarde, y como ya estaba aquí, decidí verlo de una vez. Le toqué a la señora Del Valle y ella me hizo el favor de enseñármelo.

—¿Y qué le pareció?

Ricaño se aclaró la garganta.

—Me gustó mucho —dijo.

—Me alegra —dijo la mujer.

—Pero ya sabe, es difícil hacerse una idea de una casa si se ve sólo una vez.

—Entiendo, quiere echarle una segunda mirada. ¿Le parece bien mañana en la tarde, a las cuatro?

—Sí.

—Hasta mañana, entonces, frente a la entrada del edificio.

—Hasta mañana —dijo Ricaño, y colgó, fue a la barra y pidió otro exprés.

MADRES Y PERROS

El lunes a mediodía me habló Luis desde Cuernavaca para decirme que mamá había tenido otra crisis y los médicos querían que un familiar se quedara en la noche con ella en el hospital. Llevábamos tres semanas cuidando a mamá desde que se había puesto grave, turnándonos cada 48 horas. Como me tocaba a mí, le dije que iría para allá en seguida, pero Luis opinó que no tenía caso que me trasladara hasta Cuernavaca, estando él allí, y me dijo que sería más útil si fuera a su departamento a darle de comer a Ñoqui, su perra, que llevaba 24 horas en ayunas. Le dije que no estaba seguro de que la perra se acordara de mí, porque sólo me había visto una vez. Si te olió una vez te recordará para siempre, sentenció Luis, y me dijo unas frases con las cuales la tendría controlada: «¡Sentada!», «¡A tu cama!», «¡Quieta ahí!». En seguida me explicó dónde estaba el paquete de las croquetas y cómo limpiar la caca, que seguramente iba a encontrar en un rincón del baño o de la cocina. Escuché sus instrucciones a medias, angustiado ante la perspectiva de tener que enfrentarme al mastín napolitano. Luis finalizó diciéndome que Graciela, su ex mujer, tenía un juego de las llaves de su casa. Hice que me repitiera las frases mágicas: «¡Sentada!», «¡A tu cama!», «¡Quieta ahí!», y colgamos.

Llamé a Graciela a su oficina y le pregunté a qué hora podía pasar por las llaves de Luis. Me contestó que no iba a regresar a su casa hasta las nueve de la noche. Le expliqué que hasta las nueve era mucho tiempo, porque Ñoqui llevaba 24 horas sin comer. No puedo antes, dijo ella con sequedad, y yo no insistí, porque pensaba pedirle que me acompañara a casa de Luis. A ella la perra la conocía bien, o al menos mejor que a mí. A las nueve en punto toqué a su puerta. Hacía un año que no la veía. Tenía las llaves en la mano cuando abrió, y me las entregó en seguida, con la evidente intención de no invitarme a pasar. Nunca habíamos simpatizado. Lucía un nuevo corte de pelo que le acentuaba la dureza del rostro. Si me acompañas me harías un gran favor, y le expliqué que Ñoqui me había visto sólo una vez. No le caigo bien a Ñoqui, dijo ella. No le caerás bien, le dije, pero te conoce, a mí sólo me ha visto cinco minutos de su vida. ¡Odio a esa perra, está mal de la cabeza!, exclamó. No me había preguntado cómo estaba mamá y percibí su íntima satisfacción al comprobar mi miedo hacia Ñoqui. Me las arreglaré sin tu ayuda, le dije dándome media vuelta, seguro de que no volveríamos nunca más a cruzar una palabra. Bajé por las escaleras y oí que cerraba la puerta.

Busqué el número de Fernando, el mejor amigo de Luis, que seguramente conocía a la perra. No contestó nadie en su casa y dejé un mensaje. Al rato sonó el teléfono. Era Luis. Me dijo que mamá seguía estable. Le pregunté si era una buena noticia y me contestó que no lo sabía. ¿Le has dado de comer a la perra?, me preguntó. Acabo de pasar por las llaves a casa de Graciela, vine a mi casa a comer un bocado y ahora voy a darle de comer, contesté. Me preguntó por qué no había ido a darle de comer saliendo de casa de Graciela. Percibí su molestia y sólo se me ocurrió contestarle: ¡Yo también tengo hambre, no sólo la perra! Luis, entonces, me preguntó si tenía miedo y yo le contesté al bote pronto: ¡Sí, Graciela dice que la perra está mal de la cabeza y le estoy llamando a Fernando para ver si me acompaña!

Escúchame, dijo él, para empezar te recuerdo que Ñoqui lleva 36 horas sin comer. Por suerte puede beber del escusado. En segundo lugar Fernando está de viaje, y en tercer lugar conozco bien a mi perra. No está mal de la cabeza, la que está mal de la cabeza es Graciela. No te pediría que le dieras de comer a Ñoqui si pensara que puede atacarte. Ya te olió una vez, y cuando la llames por su nombre, se va a calmar enseguida. ¿O sea que está enojada?, le pregunté. No está enojada, sólo ha de estar un poco nerviosa, contestó Luis. Nos quedamos callados. Nuestros pleitos tenían la dinámica de una pelea de gallos: una explosión de plumas y alaridos, seguida de una especie de estupor. Volví a preguntarle por mamá y me dijo que estaba dormida. Así me gustaría que estuviera Ñoqui, dije. Era una frase estúpida, pero hizo mella en Luis, porque debió de recordarle el deber de los primogénitos de cuidar a sus hermanos menores. Está bien, dijo, ve mañana a eso de las ocho al parque que está a dos cuadras de mi casa; verás a un joven con un bóxer; somos amigos y Ñoqui lo conoce bien, porque nos vemos todas las mañanas cuando sacamos a los perros; pídele que te acompañe. No sé cómo se llama él, pero el bóxer se llama Estambul.

Soñé toda la noche con perros: Ñoqui, el bóxer Estambul, el fox-terrier de mi vecino, luego aparecía Graciela preguntándome si tenía miedo de que muriera mamá y yo le contestaba que sí, pero que me las arreglaría sin su ayuda. Desperté muy temprano y llegué al parque de la casa de Luis antes de las ocho. Me senté en una banca a esperar. Media hora después vi al bóxer, me levanté, me dirigí al joven y le pregunté si su perro se llamaba Estambul. Dijo que sí, le dije que yo era el hermano de Luis, el dueño de Ñoqui, y nos dimos la mano. Me preguntó cómo estaba mamá. Estable, respondí. Le expliqué entonces la situación, haciendo énfasis en que Ñoqui llevaba 48 horas sin comer. Si la perra te olió una vez, no hay problema, dijo. Nunca me ha visto, mentí. Me dijo que tenía una cita en media hora y que sólo podría acompañarme en la noche. ¿Hasta la noche? ¿No podría ser antes?, pregunté. Me contestó que era imposible. Quedamos de vernos a las diez frente al edificio de Luis y, al despedirme, acaricié al bóxer.

Puse el celular en silencio para evitar hablar con Luis, que se pondría furioso al enterarse de que iba a darle de comer a Ñoqui hasta las diez de la noche. Cada tanto lo revisaba para ver si tenía alguna llamada suya. Como no me llamó una sola vez, pensé que mamá seguía estable.

Pasé un día horrendo, sin dejar de pensar un solo momento en Ñoqui, que tenía hambre y bebía el agua del escusado, y revisando el celular cada media hora. Debía preocuparme más mamá que la perra, pero mamá estaba en un hospital, rodeada de médicos, mientras que Ñoqui estaba sola y hambrienta.

Eran las nueve y media de la noche cuando llegué al edificio de Luis, agotado por un día de completa inacción. Esperé en la acera al dueño de Estambul y a los veinte minutos supe que no vendría y que él también tenía miedo de la perra de Luis. Una cosa era verla todas las mañanas en el parque, junto a su dueño, y otra tener que encararla a solas. Pensé que no había más remedio que enfrentar a Ñoqui. Me dolía el cuello de los nervios mientras subía en el elevador y cuando inserté la llave en la cerradura, Ñoqui corrió hasta estrellarse contra la puerta y la rasguñó con furia. Al menos sigue viva, me dije. Había percibido mi olor y sabía que yo no era Luis. Le hablé a través de la puerta, pero eso sólo aumentó sus gruñidos. No era verdad que se calmaría llamándola por su nombre, como Luis me había asegurado. Mientras bajaba las escaleras encendí el celular para llamarlo y pedirle que viniera a México, porque en el estado en que se encontraba la perra, loca de hambre, no había manera de entrar a su casa. Pero Luis no contestó y volví a preguntarme si no le había pasado algo a mamá. Le hablé una vez más antes de ir a la cama y su teléfono seguía mudo.

No pude pegar ojo. Había perdido la cuenta de cuántas horas llevaba la perra sin comer, me levanté a las cuatro y media de la mañana y salí rumbo a la casa de Luis, decidido a enfrentarla. Tal vez, me dije, de madrugada, con la ciudad sumida en el sueño, mi encuentro con ella sería más afable.

Subí por el elevador y cuando inserté la llave en la cerradura no se escuchó ningún gruñido. Temí que Ñoqui estuviera muerta. Luego oí unos pasos dentro del departamento y pensé que Graciela se había apiadado de mí y estaba dándole de comer a la perra. Se abrió la puerta, pero no era Graciela, sino Luis.

¿Qué haces aquí?, le pregunté. Tenía cara de dormido. Vine a darle de comer a Ñoqui, contestó. Le pregunté cuándo había llegado. Hace una hora, fue su respuesta. ¿Y dejaste sola a mamá? Se dio la vuelta sin responderme y me dijo que cerrara la puerta. La cerré y lo seguí hasta la cocina. ¿Quieres un café?, preguntó. Le dije que no. Empezó a lavar un vaso en el fregadero y me dijo: Mamá murió. En ese momento apareció la perra, yo retrocedí por instinto, ella vino a olerme, meneó la cola y salió de la cocina, se detuvo en el pasillo y me miró, como si exigiera una explicación de por qué no había ido a darle de comer. ¿Cuándo?, pregunté sin dejar de mirar a Ñoqui. Al verla tan dócil, sentí vergüenza. El lunes a mediodía, dijo Luis. ¡Pero eso fue hace dos días!, exclamé. Él se sentó a la mesita del desayunador, miró por la ventana y dijo: Si te hubiera avisado, habrías ido corriendo a Cuernavaca, sin darle de comer a Ñoqui. Te lo iba a decir tan pronto como le hubieras dado de comer.

Volvió a pararse, abrió el refri y se sirvió un vaso de jugo.

No habrías resucitado a mamá corriendo a Cuernavaca, prosiguió. Eras más necesario acá, dándole de comer a la perra. Pero tuviste miedo.

¡Sólo quería venir con alguien!, exclamé. Graciela no quiso acompañarme y tu amigo del bóxer me dejó plantado, sin embargo ahora estoy aquí. ¡Estaba por abrir la puerta, tú lo viste!

Volvió a sentarse a la mesita del desayunador. Yo también me senté. Se hizo un silencio repentino. Mamá había muerto. ¿Qué importaba todo lo demás?

¿La cremaste?, le pregunté.

La velé toda la noche en la capilla del hospital. Al otro día hice los trámites para la cremación. Traté de demorar las cosas porque quería que la vieras, pero ellos tienen sus reglas y hubo que incinerarla cuando llegó su turno. No he pegado el ojo en dos días.

Puso los brazos sobre la mesita y recostó la cabeza sobre ellos, en ademán de dormirse. Lo observé y me pregunté si yo no habría actuado de la misma forma. Me había pasado el día anterior pensando en Ñoqui, que no había comido en tres días, y sólo una o dos veces en mamá.

Luis levantó la cabeza, se puso de pie, fue a su habitación y regresó con un recipiente de porcelana, que puso sobre la mesita del desayunador.

¡Sus cenizas!, dijo, y volvió a reclinar su cabeza en los brazos. Afuera empezaba a clarear. Miré el recipiente durante unos minutos, sin abrirlo.

Hazme un café, le dije, y encendí un cigarro, pero Luis ya se había dormido.

TUMBARSE AL SOL

Tocaron a la puerta del jardín. Se levantó de la tumbona donde estaba tomando el sol y se dijo que no podía ser Rodolfo, el jardinero, porque no era martes, el día que venía a cortar el pasto. Además Rodolfo no habría tocado, porque tenía las llaves de la casa. Abrió la puerta y vio a una mujer de rasgos indígenas, con una Biblia en la mano y un sombrero de mimbre de ala ancha que contrastaba con su constitución corpulenta. Un testigo de Jehová, pensó. Le extrañó su edad madura y que estuviera sola. Los testigos de Jehová eran casi todos jóvenes y andaban en pareja.

—No soy creyente —espetó con amabilidad para liberarse de la intrusa. La mujer sonrió como si estuviera acostumbrada a oír esas palabras.

—Vengo a traerle la nueva de nuestro Señor Jesús Cristo —dijo secándose la frente con un pañuelo. A pesar del calor, vestía unas calcetas de lana, una falda que le cubría las rodillas y una blusa abotonada hasta el nacimiento del cuello.

—No soy creyente y estoy tomando el sol —dijo él, como si se tratara de algún tratamiento curativo.

—¡Qué bueno que puede tomar el sol! Dele las gracias a nuestro Señor por esta dicha —dijo ella sin dejar de secarse la frente, y él se fijó en las huellas de sus dedos sudados sobre la cubierta de la Biblia. Era una mujer robusta y no se iba a desmayar por el calor, pero se sintió obligado a preguntarle si no quería un vaso de agua. La mujer sonrió.

—Gracias, me vendría muy bien —le dijo.

Mientras cruzaba el jardín pensó que su gentileza sería más completa si le ofrecía el vaso de agua en el porche y no en la calle, bajo el sol, como a un animal sediento. Regresó sobre sus pasos y, sin llegar al portón, le dijo que pasara. La invitación, hecha a esa distancia, adquiría un carácter más bien compasivo, con la puerta abierta para que ella se retirara en seguida.

La mujer cruzó la puerta y lo siguió hasta el porche. Él fue a la cocina y reapareció con el vaso de agua.

—¡Que Dios se lo pague! —dijo, y se tomó el contenido de un trago.

—¿Le sirvo otro?

—Si no es mucha molestia —contestó desviando la vista, y él comprendió que la incomodaba mirarlo en traje de baño. Fue a la cocina a llenar el vaso de agua, regresó a dárselo y le acercó una de las sillas del porche:

—Descanse un momento.

La otra le dio las gracias y se sentó. Se veía agotada. Él advirtió más agudamente el contraste entre su cuerpo semidesnudo y el atuendo de ella, y se sintió cohibido.

—Tómeselo con calma —le dijo, y regresó a la tumbona, donde se echó panza abajo. Le había mostrado que era indiferente a su credo religioso, pero no a su sed ni a su cansancio, y se sintió satisfecho. Pensó que era viuda, con hijos ya casados que apenas veía, libre de entregarse en cuerpo y alma a aquel apostolado en los pueblos de medio pelo. Le ardió la espalda y cayó en la cuenta de que no se había puesto el protector solar. Se levantó y regresó al porche. Lo había dejado sobre la mesa. La mujer seguía sentada, el vaso de agua en la mano.

—¡Qué bueno que puede disfrutar de un jardín como éste! —dijo ella, tomando el último sorbo de agua.

—Sí —dijo él, y empezó a untarse el protector en los brazos.

Manejaba noventa kilómetros para tumbarse media hora al sol, luego se duchaba con agua fría y regresaba a la ciudad. Lo hacía dos y hasta tres veces por semana. Raúl y Margarita se habían ido a Francia seis meses y le habían dejado las llaves. Conocía perfectamente esa casa, porque lo invitaban a menudo.

Mientras se untaba el protector en el otro brazo volvió a asaltarlo el pudor de hallarse en traje de baño frente a esa mujer enfundada en su ropa de lana y sintió el deseo de ponerse su camisa. Pero entonces ella le preguntó si quería que le frotara el protector en la espalda. Él la miró, no del todo seguro de haber entendido, y balbuceó:

—Sí, claro.

La otra se puso de pie, dejando la Biblia sobre la silla, él le entregó el tubito y se dio media vuelta. Sintió el contacto de sus manos ásperas, que contrastaban con la delicadeza con que esparcía la sustancia blanca en su espalda, y agradeció que se hubiera untado el protector en la mano en lugar de aplicárselo directamente en la piel, como hacía Luisa, lo que le causaba siempre un escalofrío desagradable. Sus movimientos en extremo tímidos le revelaron que era la primera vez que untaba un protector solar y no pudo dejar de sonreír. Ella se dio cuenta y paró de golpe.

—¿Le hago cosquillas? —preguntó.

—No, para nada.

Le untó una nueva dosis con el mismo remilgo exagerado, él ya no se aguantó la risa y ella se sonrojó y quitó las manos de su espalda, como si la hubieran sorprendido cometiendo un pecado.

—Discúlpeme —dijo mortificada, y cerró el tubito del protector.

—No me haga caso, me reí porque me acordé de un chiste —dijo él, pero la mujer no pareció creerle y le preguntó si podía lavarse las manos. Él la condujo al baño de la planta baja y, regresando al porche, se puso la camisa, que había dejado sobre una silla. La mujer regresó a los pocos minutos y sacó de su bolsa *La Atalaya*, el órgano oficial de los Testigos de Jehová, y le dijo:

—Ojalá tenga tiempo de leerla.

Era evidente que tenía prisa de irse, él tomó la revista, la acompañó hasta el portón y se despidieron.

Cuatro días después estaba de vuelta en casa de Raúl. Se acostó en la tumbona en traje de baño, esperando escuchar de un momento a otro los golpes en el portón. No había dejado de pensar en las manos callosas de la mujer, que le habían frotado aquel bálsamo en la espalda con inaudita morosidad. Ni siquiera Luisa, en los mejores momentos de su breve relación, lo había tocado de esa manera. Se levantó dos veces a abrir la puerta para husmear en la calle y alargó a dos horas su estancia en el jardín. Cuando entró en la regadera para ducharse dejó la ventana del baño abierta para oír si alguien tocaba.

Regresó pocos días después, pero no se dio cuenta de que era martes, así que se topó con Rodolfo, el jardinero, que estaba cortando el pasto con la podadora. No iba a tomar el sol con Rodolfo trabajando en el jardín, así que le dijo que sólo había venido a recoger unos libros que necesitaba. Platicaron un rato y le preguntó si conocía a una mujer que era testigo de Jehová, una señora algo gruesa y de mediana edad que usaba un sombrero de mimbre. Rodolfo le informó que los testigos de Jehová visitaban regularmente el pueblo, sobre todo los sábados, para aprovechar la afluencia de los capitalinos a sus casas de fin de semana, y que no tenía relación con ninguno de ellos. Él recogió unos cuantos libros al azar, se despidió y subió a su auto.

Regresó el sábado. El sol ya pegaba fuerte cuando se echó en la tumbona y quince minutos después oyó que tocaban. Fue a abrir. Era ella, con el mismo sombrero de la otra vez, y la acompañaba una niña. Le dijo que era su nieta. La pequeña no traía sombrero y él se lo reprochó a la mujer:

—¿Cómo la trae con la cabeza descubierta con este sol?

Le dijo que pasaran y le ofreció un refresco a la niña, que sólo quiso un vaso de agua, y la mujer aceptó otro. Fue a la cocina y regresó con los dos vasos de agua. De pronto se arrepintió de haberlas invitado a pasar. Si la mujer hubiera venido sola, él se habría echado en la tumbona como la vez anterior, dejándola tomar su vaso de agua en el porche y después, por qué no, le habría pedido que le untara el protector solar en la espalda; pero ahora, estando la niña, era imposible. Se preguntó si ella había traído a su nieta para protegerse, porque le había gustado frotarle el protector y tenía miedo de su propio deseo. Como si hubiera adivinado su pensamiento, la mujer le dijo a la niña que se apurara en tomar el vaso de agua, porque tenían que irse.

—Déjela descansar un rato —dijo él, y entró en la casa, fue a la habitación de Julito, abrió el clóset y hurgó en el último cajón, hasta dar con la gorra roja del niño. Pensó que nadie se daría cuenta de su desaparición, porque Julito nunca la usaba. Conocía esa casa mejor que sus dueños. Margarita le preguntaba a cada rato si recordaba dónde habían guardado tal cosa o tal otra, desde el repelente para los moscos hasta el short de su marido, y él siempre la sacaba de apuros. Era el experto en matar los alacranes que hacían su puntual aparición en cualquier rincón de la casa. No les tenía miedo y, mientras Raúl y su familia se apostaban a prudente distancia, él los aplastaba con lo primero que tuviera a la mano. A veces se preguntaba si no era por eso que lo invitaban tan a menudo y, claro, por Julito, que lo había convertido en su eterno compañero de juegos, con evidente beneplácito de sus padres, que de este modo podían atender a sus visitas. Regresó al porche con la gorra y se la colocó a la niña.

—¿Te gusta? —le preguntó.

La niña asintió con la cabeza.

—Te puedes quedar con ella.

—Dale las gracias al señor —le dijo la mujer a su nieta.

La niña murmuró un agradecimiento y, atraída por un cuervo que brincaba sobre el pasto, se zafó de la mano de la abuela y abandonó el porche para perseguir al pájaro. Los dos se quedaron mirándola.

—Quería que mi nieta conociera este jardín, por eso la traje —dijo ella.

Él volteó a mirarla y dijo:

—La casa no es mía, es de una pareja de amigos que están de viaje.

—Lo sé, es la casa del señor Raúl.

—¿Conoce al señor Raúl?

—¿Quién no lo conoce? ¡Con el alboroto que ha armado en este pueblo!

—¿Qué alboroto?

—¿No le parece suficiente haber tumbado al presidente municipal?

Se quedó aturdido unos segundos. Raúl no le había dicho nada. Creía que su amigo venía a encerrarse en su casa sin establecer la menor relación con la gente del pueblo, como hacía la mayoría de los que tenían ahí sus casas de fin de semana.

—Sólo lo he visto una vez, y de lejos —añadió ella—: Una compañera tocó una vez aquí y el señor Raúl le cerró la puerta en las narices. ¡Sí que tiene su carácter! —Y se rió, como si el hecho le pareciera gracioso—.Vine a tocar porque supe que el señor estaba de viaje y le había encargado a alguien que le cuidara la casa.

—No se la cuido, me la prestó —dijo él, sintiendo una súbita aversión hacia la mujer.

Ella había sacado una revista de su bolsa. Era el mismo número de *La Atalaya* de la vez anterior.

—Tenga —le dijo.

—Ya me la dio usted —exclamó él secamente—, ¿no se acuerda?

—Ah, qué bueno —dijo ella, sin preguntarle siquiera si la había leído. De pronto él comprendió:

36

esa mujer corpulenta no sabía leer ni escribir. Tocaba de puerta en puerta, a pesar de su edad, porque ocupaba uno de los peldaños inferiores de la organización, si no es que el más bajo. Era el soldado raso de la tropa, con una fe ilimitada en la palabra del Señor. Y, sin embargo, con él no había hecho el menor intento de prédica. Le había dicho lo afortunado que era por tomar el sol en ese jardín y le había frotado el protector en la espalda. Se preguntó si no lo había hecho porque sabía que no era el dueño de la casa, sino alguien que la estaba cuidando, y le subió la sangre al rostro ante la idea de que sintiera algo de lástima por él.

—Gracias por el agua —le dijo ella, y llamó a su nieta. La niña corrió de regreso al porche y él las acompañó hasta el portón.

Las miró alejarse por el camino de grava, cerró la puerta y supo que la mujer ya no regresaría, porque había conseguido entrar en esa casa y mostrársela a la niña.

Se quedó mirando el tabachín, el pino, la pequeña arboleda de los ficus y el rosal del fondo, y se preguntó si venir allí cada tres o cuatro días para tumbarse al sol no respondía al celo con el que había asumido el papel de cuidador que Raúl le había impuesto sutilmente. Por primera vez tuvo el presentimiento de por qué Luisa lo había dejado. Tenía que ver con esa casa, donde ella lo había visto moverse, perfectamente enterado de lo que contenía cada armario, cada cajón y cada alacena, siempre dispuesto a componer cualquier desperfecto y a jugar con Julito. De pronto había dejado de buscarlo y un día lo llamó para decirle con la mayor delicadeza que todo se había terminado entre ellos. Con esa misma delicadeza con que la mujer le había frotado el protector en la espalda.

EN LA PISTA

Rudy Alatorre corre tres tardes por semana en la pista de atletismo situada a dos calles de su casa. Se considera afortunado al tener un centro deportivo tan a la mano. Alternando carrera, trote y caminata, completa ocho vueltas al óvalo de tartán que rodea la cancha de futbol. A sus 64 años parece lo más indicado. El ortopedista le ha dicho que sus vértebras lumbares no están para esfuerzos prolongados y le aconsejó una rutina de intensidad media a la que Rudy Alatorre se somete puntillosamente.

Llega al centro deportivo al final de la tarde, cuando la luz del ocaso deja paso al alumbrado de la pista, que se enciende de manera gradual hasta alcanzar en menos de un minuto su potencia máxima. Le gusta el contraste entre el ambiente nocturno que instauran los reflectores y la última claridad diurna del cielo, y a menudo, mientras corre, juega con la idea de que en lugar de anochecer está amaneciendo.

Los carriles primero y segundo son de uso exclusivo de los corredores rápidos, o de quienes se consideran tales. Conforme los anillos se amplían, son ocupados por los que corren más lento. Rudy Alatorre utiliza el cuarto, el del justo medio. Cuando un corredor veloz se topa en su carril con otro que le obstaculiza el camino, grita «¡Pista!», para que el otro se quite, pero no siempre el corredor más lento reacciona debidamente y ha habido pleitos que, por suerte, no han pasado a mayores, al menos en lo que a Rudy le ha tocado ver.

Nuestro hombre no habla con nadie, a pesar de que reconoce a muchos corredores que frecuentan el óvalo de la pista a la misma hora que él. Sólo aquellos que pertenecen a alguna asociación o equipo deportivos, reconocibles porque llevan el mismo uniforme, bromean entre sí; la mayoría sólo se conoce de vista, empiezan a correr después de calentar unos minutos y, cuando terminan, recogen sus pertenencias y se marchan.

Rudy ha corrido dos vueltas a trote moderado y ahora se desplaza al quinto carril para la vuelta de caminata. Terminada ésta, vuelve al cuarto carril e inicia las vueltas de trote sostenido, que representan la parte fuerte de su rutina. Su cuerpo ha entrado plenamente en calor y a esas alturas su respiración es un jadeo intenso. Es la parte más dolorosa, pero también la más excitante. Corre un poco fuera de sí, mientras imágenes de toda clase se atropellan en su cerebro hiperoxigenado, lanzando su mente por extrañas veredas.

Le sorprende que no hayan prendido el alumbrado. La pista está sumida en una penumbra francamente nocturna y las rayas del piso son la única referencia para no salirse de los carriles. Ha caído la noche sin que él se diera cuenta. Alguien viene corriendo en el segundo anillo y lanza el grito de «¡Pista!», que siempre produce inquietud entre los corredores, y más ahora, que casi no se ve nada. Tal vez el retraso en prender el alumbrado se debe a la entrada en vigor del horario invernal, piensa Rudy Alatorre. Como sea, le causa una extraña emoción correr con los reflectores apagados, mezclando sus jadeos con los jadeos de los otros, a los que apenas puede ver. Le parece que la cadencia deportiva, eficiente pero monótona, ha dado paso a un ritmo más apremiante, como si la oscuridad hubiera hecho aflorar algo atávico en los usuarios de la pista. Lo advierte en las risitas de hombres y mujeres que brotan a su alrededor y le hacen sentir que no corre solo, sino en manada. El resplandor que proviene de la oficina situada en la curva norte alumbra tenuemente esa parte del óvalo y el resto está sumido en la oscuridad. Rudy piensa que si se tropezara y cayera, los demás lo pisarían. Aun así, no disminuye el ritmo de su trote, temeroso de perder contacto con el rebaño.

Escucha un forcejeo atrás de él, seguido del ruido seco de una caída. Alguien exclama «¡Bien hecho!», y se oye la risa de una mujer. En el carril contiguo otra mujer suelta un «¡Para que aprendan!», y Rudy Alatorre se percata de que perdió la cuenta de las vueltas que lleva; por primera vez desde que viene al centro deportivo siente que ha dejado de correr en redondo y que tiene una meta, aunque no sabe cuál. Escucha otro jaleo a sus espaldas y alguien lo empuja, tratando de abrirse paso. En otro momento no dudaría en apartarse, pero en la oscuridad que envuelve la pista puede ser peligroso moverse hacia los lados, así que permanece en su carril. Lo empujan de nuevo y siente que le rasguñan el cuello. Comprende que es una mujer joven, endurece el cuerpo para no dejarla pasar y cuando la otra exclama «¡Viejo de mierda!», le suelta un codazo y escucha su grito de dolor, seguido del golpe sordo de la caída. «¡Bien hecho!», exclama alguien que corre a su lado, y se oyen otras risas. Rudy sabe que se ha formado una horda en la oscuridad, cuyas pisadas y respiración uniformes le provocan una sensación embriagadora que no experimentaba desde que era niño. Acaban de dejar atrás la curva norte cuando oyen una zancada impetuosa que se acerca por atrás. Conocen bien ese sonido, el de la juventud desbordante. «¡Duro con él!», exclama alguien, y la horda invade el primer carril. Se escucha el grito del corredor que impacta contra ellos, cae y rueda sobre el tartán de la pista. «¡Bien hecho!», exclama triunfalmente el señor al lado de Rudy. «¡Ya nos hartaron!», dice una de las mujeres, una sesentona que él ha reconocido en la oscuridad por su forma de trotar.

La luna acaba de asomar por encima de los árboles y Rudy Alatorre tiene la sensación de que no está corriendo en un óvalo de tartán, sino cruzando un bosque durante una incursión nocturna en territorio enemigo. Nunca ha corrido tan olvidado de sus vértebras lumbares y cuando escucha el impacto y la caída de otro corredor, exclama en voz baja y lleno de júbilo: «¡Para que aprendan, pendejos!»

Segundos después sus pies chocan con algo, termina de bruces en el suelo y en su caída se lleva a la sesentona que tenía adelante. Piensa que tropezaron con uno de los corredores caídos. Alguien susurra a su lado: «¡Viejo de mierda!», y Rudy Alatorre reconoce la voz de la joven que le rasguñó el cuello, al tiempo que recibe una patada en el estómago que lo hace doblarse. «¡Viejos putos!», exclama una voz masculina. Los golpes arrecian sobre ellos y la sesentona lanza un gemido de dolor. Dos tipos levantan a Rudy y lo sujetan. «¡No lo suelten!», ordena la chica, que ahora tiene un palo en la mano. En eso, el reflector de la curva norte se enciende. «¡Prendieron la luz!», exclama uno de los que tienen agarrado a Rudy. La joven voltea hacia los reflectores que empiezan a alumbrar el óvalo, exclama «¡Te salvaste, viejo puto!» y, soltando el palo, se aleja corriendo, seguida por los dos muchachos, que se van no sin antes aventar a Rudy al suelo. Él se queda tirado en el tartán, respirando con dificultad, mientras los demás se van levantando. Le duelen como nunca las vértebras lumbares. Una de las mujeres, la más vieja, tiene la camiseta ensangrentada, no mira a nadie y empieza a alejarse al trote, cojeando un poco. Un hombre alto, después de alcanzar la cancha de futbol, se ha tirado en la hierba. Su cara

43

está cubierta de sangre, pero nadie se acerca a ver qué tiene. Uno tras otro, aprovechando la semioscuridad en la que todavía está sumido el óvalo de la pista, se alejan trotando en sus respectivos carriles. También Rudy Alatorre vuelve a ocupar el suyo, el número cuatro, el del justo medio. Ha corrido con una intensidad inusitada y además de las vértebras le duele el estómago. Perdió la cuenta de las vueltas que lleva, pero su cuerpo aleccionado por dos años de entrenamientos le dice que ya pasó lo más duro y sólo le queda completar la del afloje, la del trote más apacible, que él llama para sus adentros la vuelta del ortopedista.

CELULOSA NÍTRICA

Mi padre había vendido de todo: instrumentos de dentista, refacciones de autos, seguros de vida, tiempos compartidos en la playa, aparatos ortopédicos y productos contra la calvicie. No tuvo necesidad de escribir cartas comerciales hasta que entró en el negocio de la celulosa nítrica, cuyos pedidos no podían hacerse por teléfono; en especial los laboratorios farmacéuticos, que la emplean en la elaboración de aglutinantes para cirugía, eran en extremo puntillosos en sus requerimientos, y fue necesario que mamá se hiciera cargo de llevar la correspondencia. Lo hacía en la casa y papá entregaba los pedidos de celulosa en su camioneta.

La buena calidad de la materia prima y la puntualidad en las entregas le dieron a mi padre una buena reputación, pero estoy segura de que sin las cartas de mamá, elegantes y cordiales, el negocio no habría prosperado. Me atraían ciertas fórmulas recurrentes, que terminé por aprenderme y que recitaba en voz baja, como ésta: «Seguros de que nuestro producto habrá de satisfacer su fina exigencia, quedamos a sus órdenes para nuevos y fructíferos acuerdos». Me iba a la cama con estas palabras en los oídos: «fructíferos acuerdos», pensando que en un mundo donde hay fructíferos acuerdos valía la pena vivir. E incluso cuando no se llegaba a ningún fructífero acuerdo, las cartas de mamá transmitían un fervor que renovaban mi fe en la convivencia humana, como en esta frase de despedida: «Lamentando la actual imposibilidad de llegar a una solución satisfactoria para ambas partes, reciba con la presente la seguridad de nuestra inalterada estima».

Sólo las cartas firmadas por el ingeniero Ramírez, el director de Tejidos Avance S.A., competían con las de mamá. Sin perder un ápice de eficacia comercial, estaban impregnadas de un halo sombrío, con frases como: «Por desgracia, el flete se encuentra estacionado en la aduana para los trámites de verificación sanitaria, de donde, con suerte, no saldrá antes de dos semanas. ¡Tal es el tiempo que demoran esos *iter* burocráticos!». Eran las únicas cartas que mamá respetaba y, tan pronto como reconocía en el paquete diario de la correspondencia el membrete de Tejidos Avance, separaba el sobre para abrirlo.

—¿Las escribe el ingeniero o su secretaria? —se preguntaba después de leer esas cartas.

—Seguro que su secretaria, que también las firma para agilizar las cosas —contestaba yo.

La firma del ingeniero Ramírez era un trazo simplísimo que podía ser imitado sin dificultad.

—Ha de ser una mujer delgada y pequeñita —concluía mamá.

—No, es gorda y tiene papada —replicaba yo.

Después de que le reventó el coágulo en el cerebro, dormía muchas horas, el doctor nos dijo que necesitaba descansar y papá y yo no hacíamos ruido para no despertarla. Le dije a papá que comprara un manual para escribir cartas comerciales. Quería encargarme de la correspondencia, en lo que mamá se recuperaba, pero no quiso, porque mi prioridad era el colegio. Ni siquiera aceptó que lo ayudara a anotar los datos de los pedidos cuando le hablaban por teléfono. Ver cómo atendía esas llamadas me daba entre coraje y lástima. Se equivocaba en las cantidades, y más de una vez, cuando entregaba el pedido, le devolvían el producto, haciéndole ver que la fórmula no era la correcta. Y mientras el negocio se iba a pique, mamá dormía y no había que hacer ruido.

Huía de aquella zozobra largándome en las tardes a casa de Susana Bermúdez, que me llevaba tres años y había sido mi mejor amiga cuando vivíamos en el mismo edificio, antes de que nos mudáramos de casa. La vez que me dijo que quizá entraría a trabajar en las tardes como secretaria en un despacho de abogados, me sentí desfallecer, lloré y ella me abrazó. Estábamos en el sofá de la sala, su madre había ido al súper y en algún momento puso una mano sobre mis senos y los apretó suavemente, luego la deslizó dentro de mi escote y la retuvo ahí, mientras con la otra mano me acariciaba el pelo. No me molestó, o me faltó la fuerza de negarme y, de algún modo, sabía que eso iba a suceder. Susana no hablaba nunca de muchachos.

Regresando a mi casa encontré la Olivetti eléctrica sobre la mesa del comedor, ahí donde mamá, antes del coágulo, escribía sus cartas. Le pregunté por qué la había sacado.

—Estuve practicando en la mañana.

Se sentó, encendió la máquina y enfiló con dificultad una hoja en el rodillo. Empezó a escribir, buscando cada tecla con el dedo índice. Tardó un minuto completo en redactar la frase «Por medio de la presente nos es grato informarles…».

—Ahí vas, poco a poco —le dije, esforzándome por no echarme a llorar.

Esa noche papá fue a mi cuarto a decirme que un mes atrás había abandonado el negocio de la celulosa, porque sin las cartas de mamá, con el puro teléfono, era imposible despachar los pedidos; ahora vendía mesas de ping-pong y para eso no hacía falta llevar ninguna correspondencia.

—¿Se lo dijiste?

—No, si sabe que dejé la celulosa porque ya no puedo contar con ella, se va a venir para abajo.

—Tienes razón, no se lo digas.

—Pero se va a enterar cuando vea que ya no recibo ninguna carta.

—Puedo escribir cartas falsas para que ella las conteste —le dije—. Sirve para que siga practicando.

—Se va a dar cuenta.

—Veremos.

Esta vez no me dijo que mi prioridad era el colegio.

Empecé la labor de falsificación en casa de Susana. Llevé las cartas de nuestros clientes y entre las dos recortamos los membretes de las cartas originales, que pegamos en una hoja; después, fuimos a sacar una docena de fotocopias de cada hoja. Se veían auténticas, enfilé la primera en el rodillo de la máquina eléctrica de Susana y empecé a escribir. No me costó mucho esfuerzo imitar el estilo de los clientes de papá, que era harto anodino. Para hacer más convincente la imitación cometí varios errores de ortografía. Las únicas que no me atreví a imitar fueron las de Tejidos Avance. Mamá se habría dado cuenta en seguida. Escribí seis cartas y Susana imitó las firmas. Era buenísima para reproducir una firma. La observaba un rato y de golpe, como poseída, trazaba una idéntica.

—¿Cómo le haces? —le pregunté mientras las cotejaba una por una. Ella se levantó y, colocándose atrás mío, me estrechó con sus brazos, hundió una mano en mi escote y me apretó los senos.

—¿Quieres ver los míos? —me susurró en la oreja.

Le dije que no con mucha suavidad, porque tenía miedo de que ya no me invitara a su casa.

—Tontita —me dijo, besándome en la nuca.

Llevé las seis cartas a casa para que las viera papá. Les echó un vistazo por arriba y dijo:

—No me gusta este juego.

—No es un juego, es para que vuelva a sentirse útil.

—¿Y si se da cuenta de que son falsas?

Pero mamá no se dio cuenta. Esa misma tarde empezó a contestarlas. Tardó una hora en terminar la primera. Me la mostró y yo le di la espalda para que no me viera la cara mientras la leía. No quedaba nada de su viejo estilo. Sólo su ortografía seguía intachable.

—¿Está tan mal? —me preguntó.

—No, se entiende todo —le dije.

—¿Y entonces? Lo importante es que se entienda, ¿no?

—Claro —dije, sin voltear a mirarla.

Fui a sacar una de sus cartas viejas y la leí en mi cuarto, a escondidas. Me volvió a cautivar su manera de moverse entre los datos y las especificaciones químicas como un acróbata que sortea obstáculos, inyectando un sutil humor en cada línea. Eso faltaba ahora: la elegancia y el humor que, podía jurarlo, eran los principales responsables del éxito de muchas transacciones.

Tardó dos días en responder las seis cartas. Cuando terminó, yo tenía lista una nueva provisión de cartas falsas y fui a casa de Susana, para que las firmara. Me abrió la puerta, la vi abatida y le pregunté qué pasaba.

—No aprobé el examen del despacho de abogados. —Y se echó a llorar en mis brazos. Le acaricié el pelo, sin decir nada—. ¿Estás contenta? —me preguntó, y separó el rostro de mi hombro y me besó, metiendo la lengua entre mis labios. Pero yo los mantuve cerrados. Que hiciera lo que quisiera con mis senos, pero me dejara la boca en paz. Insistió, y cuando vio que no cedía, se separó bruscamente.

—Si te vas a poner en ese plan de niñita, mejor ni vengas —espetó—. Toma tus cartas y vete.

Agarré las cartas y me largué. Me había torcido la muñeca para obligarme a abrir los labios y sólo en ese momento sentí dolor. Mientras esperaba el elevador, abrió la puerta y me dijo con voz ahogada por el llanto:

—Mi casa es tu casa, Mónica. Te quiero. —Y la cerró de golpe.

Esa noche, cuando mamá se fue a acostar después de haber practicado en la Olivetti, mi padre me dijo:

—La veo más contenta.

Me enfadaba que no se diera cuenta de cuán profundamente había cambiado mamá después del coágulo, y no le contesté.

Apunté el número de teléfono de Tejidos Avance y al otro día, durante el recreo en el colegio, marqué el número. Me contestó una voz de mujer y pedí hablar con el ingeniero Ramírez.

—¿Padre o hijo? —preguntó la mujer.

—El que escribe las cartas de negocios —contesté.

—Yo las escribo —dijo—. Soy la secretaria del ingeniero Ramírez. ¿Con quién tengo el gusto?

Le dije que era la hija del señor Meneses, el titular de Celnítrica S.A., y le pregunté si podíamos vernos en la tarde. Me preguntó sobre qué asunto.

—Es sobre mi madre. Ella es la que lleva la correspondencia de Celnítrica.

Le dije que era una cuestión personal y que prefería verla fuera de la oficina. Se quedó callada unos segundos, luego me dio el nombre de una cafetería que quedaba a media cuadra de Tejidos Avance y me citó a las seis.

—A esa hora salgo —aclaró.

Llegué un poco antes de la hora y me senté a una mesa junto al ventanal para mirar la calle. Una mujer cruzó desde la acera contraria, me vio a través del vidrio y me hizo una seña. Contesté a su gesto. Mamá tenía razón, era bajita. Cuando se sentó frente a mí, le calculé más de setenta años. Se presentó como Carmelita Suárez.

—Mi madre aprecia mucho sus cartas —le dije.

—Y yo las de ella, son las mejores que he leído en más de cuarenta años de trabajar en esto.

Tenía una voz firme que contrastaba con su aspecto frágil. Le conté del coágulo en el cerebro de mamá y de su lenta recuperación. Quedó muy impresionada. Traía conmigo una de las cartas recientes de mamá y la saqué para mostrársela.

—Ahora escribe así —le dije—. Juzgue usted.

Leyó la carta y me la devolvió.

—Parece otra persona —dijo.

—¡*Es* otra persona!

—¿Qué puedo hacer por ti?

—Escribirle —y le conté de las cartas espurias que redactaba en casa de Susana. Podía imitar el estilo de todas, excepto las suyas, que eran las preferidas de mamá y las únicas que podrían sacarla de su letargo.

—Me sobrestimas —dijo Carmelita. Nos quedamos en silencio, miró hacia la calle, tomó un sorbo de té y dijo—: Si unas cartas mías pueden ayudar a la recuperación de tu madre, cuenta conmigo, pero no te las voy a mandar por correo, porque falsificar una firma es delito. Tendrás que venir tú misma a recogerlas.

Le dije que era precisamente lo que pensaba hacer, porque no quería que mi padre se enterara de que había ido a verla, y me preguntó el porqué.

—Porque piensa que estamos engañando a mi madre

Por primera vez sonrió:

—Me temo que tu madre se dio cuenta de que son cartas hechizas. Yo me daría cuenta de inmediato, sean de quien sean, y tu madre ha de tener un ojo muy fino.

No supe qué decir, y ella prosiguió:

—Aquí desayuno todos los días. Puedes recoger mañana mi carta con Consuelo —me señaló a una mujer que estaba atrás de la caja registradora—. También con ella puedes dejarme las cartas de tu madre.

Apuntó en un papel el teléfono de su casa, para lo que se me ofreciera. Vi que le temblaba la mano, me miró a los ojos y dijo:

—Estoy enferma.

No me atreví a preguntarle qué tenía y me sentí una estúpida. Me dio el papel y nos despedimos con un abrazo.

La tarde siguiente regresé a la cafetería por la carta, que Consuelo sacó de la gaveta situada bajo la caja registradora. La leí en el camión de regreso a casa. Era inconfundiblemente una carta de Tejidos Avance. No faltaba, en medio de las especificaciones técnicas sobre la celulosa, el consabido toque pesaroso: «Hacemos votos para que se realice una entrega puntual, hoy que este adjetivo, por desgracia, ha perdido vigencia entre los proveedores de materia prima».

Cuando llegué a casa mamá estaba escribiendo a máquina en el comedor. Agarré el montón de la correspondencia, en la cual colé la carta de Carmelita, y fingí que lo revisaba delante de ella. Exclamé de golpe:

—¡Mira! Llegó una de Tejidos Avance.

Levantó la cabeza y dejó de teclear, abrió el sobre, leyó la carta dos veces, la dobló lentamente y me preguntó:

—¿Quién escribió esta carta?

—¿Cómo que quién? —Me puse roja—. ¡Es una carta de Tejidos Avance! ¿No ves el membrete?

—¡Tú no escribiste esta carta! —exclamó.

—¡Claro que no! ¿Por qué iba a escribirla yo? ¿Por qué me preguntas eso?

Me miró sin contestar, y comprendí. Carmelita tenía razón. Mamá sabía que yo las escribía.

—¿Cómo supiste? —le pregunté.

—Me di cuenta desde el principio.

—Eso dijo Carmelita, que seguramente te habías dado cuenta.

—¿Quién es Carmelita?

—Carmelita Suárez, la secretaria de Tejidos Avance. —Y le conté que había ido a verla para pedirle que escribiera unas cartas de su puño y letra, porque yo no me sentía capaz de imitarlas.

Se cubrió el rostro con la mano y empezó a llorar. Me acerqué y nos abrazamos.

—Si sabías que yo las escribía, ¿por qué las contestaste? —le pregunté.

—Para que tú y tu padre me vieran haciendo algo.

Se recobró enseguida, y me preguntó:

—¿Cómo es?

—Delgada y pequeñita.

—Te gané.

—Sí. Me dijo que tus cartas son las mejores que ha leído desde que trabaja en esto.

Se separó de mí, fue a la mesa y apagó la Olivetti.

—No la apagues. Deberías contestarle. Hizo el esfuerzo de escribirte, se merece que le contestes —le dije.

—Contéstale tú, ya aprendiste a escribir esas cartas.

—¿Yo? Sólo he copiado unas frases y las he cambiado de lugar aquí y allá.

—¿Y cómo crees que se escriben? —dijo ella.

Le contesté a Carmelita imitando el nuevo estilo de mamá, o mejor dicho su falta de estilo, que era el único que podía imitar y, saliendo del colegio, fui a entregársela a Consuelo, que me informó que Carmelita llevaba dos días sin desayunar allí. Dudé si dejarle la carta o no. Consuelo decidió por mí, tomándomela de la mano y guardándola en la gaveta de la caja registradora.

En la noche llamé a casa de Carmelita y nadie contestó. Al día siguiente volví a llamar, con el mismo resultado. Mamá no había vuelto a encender la Olivetti, pero no la había quitado de la mesa del comedor, como si no se atreviera a separarse de ella.

El viernes regresé a la cafetería para ver si Consuelo me tenía alguna noticia. Me dijo que Carmelita no había desayunado ahí en toda la semana, luego sacó mi carta de la gaveta y me dijo:

—Mejor te la devuelvo.

Salí de la cafetería y no supe qué hacer. Decidí cruzar la calle y caminé en dirección de Tejidos Avance. El portero me pidió una identificación y me indicó el tercer piso. Subí en el elevador con la carta en la mano. La puerta de Tejidos Avance estaba al fondo de un pasillo estrecho que asomaba al cubo del edificio, toqué el timbre y me abrió un hombre viejo, con bastón. Supuse que era el ingeniero Ramírez.

—Buenas tardes, busco a Carmelita Suárez —dije.

Miró la carta que tenía en la mano.

—¿Qué deseas?

—Entregarle esta carta de parte de Celnítrica S.A.

—Puedes dármela a mí.

Se la di, y él leyó el nombre del remitente.

—Puesto que tenía que venir por este rumbo, mi papá me pidió entregársela directamente a Carmelita, para ahorrar tiempo –le dije.

—Entra, hay una corriente de aire.

Entré y cerró la puerta, me indicó una silla del pequeño vestíbulo, que estaba separado del resto del local por una pared de vidrio, y me dijo que me sentara. Él se sentó en otra silla, sacó la carta del sobre y empezó a leerla. Cuando acabó me dijo:

—Carmelita murió anoche. Estaba muy enferma. Trabajó conmigo 43 años. Siempre le pedía a Dios que me llevara antes que a ella, pero no me hizo caso.

No dije nada, asustada por mis propios latidos, y temí que el viejo los oyera en el silencio que reinaba en el vestíbulo. Cruzó por mi cabeza el pensamiento de que la carta que me había entregado Consuelo era la última que Carmelita había escrito en su vida.

—Yo ya no me ocupo del negocio, el que lo dirige es mi hijo –dijo el viejo Ramírez–. Sólo firmo las cartas, por eso tengo presente el nombre de Celnítrica. Es un nombre bonito.

—Gracias.

Miró la carta y dijo:

—Se la entregaré a mi hijo cuando regrese del funeral.

—No, no se la entregue, es una carta falsa.

Arrugó el ceño:

—¿Por qué falsa?

Le expliqué que era un simple ejercicio, porque Carmelita me estaba enseñando a escribir cartas comerciales. Se la había traído para que la viera.

—Así que tú la escribiste.

—Sí.

—¿Cuántos años tienes?

—Dieciséis.

—¿Y qué estudias?

—Último de prepa.

Asintió con la cabeza y dijo:

—La secretaria que va a reemplazar a Carmelita es su sobrina. Tiene una ortografía espantosa y una sintaxis de caballo. Tu ortografía y tu sintaxis son buenas, se nota que tuviste a una excelente maestra.
—Pensé que hablaba de mamá, luego comprendí que se refería a Carmelita. Se levantó, sosteniéndose con el bastón—: Vente a trabajar en las tardes. Con dos horas es suficiente y no te quita mucho tiempo para tus tareas. Te encargas de la correspondencia, la sobrina de Carmelita se ocupará del resto.

—Tengo que hablarlo con mis padres —dije, y volví a temer que percibiera mis palpitaciones.

—Si estás de acuerdo yo le hablo a tu papá, así me pongo de acuerdo con él para el sueldo. Eres demasiado joven para negociar tus honorarios.

Regresé a casa, no sé si más aturdida por la muerte de Carmelita o por el trabajo que me acababa de ofrecer el ingeniero Ramírez. Había redactado la carta imitando el nuevo estilo de mamá, el único que podía imitar. ¿Con qué estilo iba a hacerme cargo de la correspondencia de Tejidos Avance, si entraba a trabajar allí? Hasta ahora sólo había escrito cartas comerciales imitando el estilo de otros. Ignoraba cuál era el mío, si es que tenía alguno.

Cuando abrí la puerta, papá y mamá estaban sentados en el comedor. Por su expresión comprendí que me estaban esperando. Adiviné que el ingeniero Ramírez había hablado con papá y temí que él hubiera rechazado la oferta del ingeniero, con el argumento de que yo tenía que concentrarme en mis estudios. En eso, me fijé que la Olivetti ya no estaba sobre la mesa.

—¿Y la máquina? —pregunté.

Se miraron y mamá me dijo:

—La pusimos en tu cuarto.

—¿Por qué?

—La vas a necesitar.

Sonreí de la emoción y mamá se levantó para abrazarme. Después, en la cocina, ella me dijo la suma mensual que papá había pactado con el ingeniero Ramírez. Era muy generosa, para tratarse de sólo dos horas diarias.

Esa noche, cuando ellos encendieron la tele, me encerré en mi habitación, enrosqué una hoja en el rodillo de la Olivetti y rocé las teclas. Me temblaban los dedos. Quería usar mi nuevo instrumento de trabajo, escribir algo, lo que fuera, pero no sabía qué.

Estuve así un rato, y de golpe, de un tirón, escribí mi primera carta:

«A la fina atención de Susana Bermúdez.

Presente.

Nos permitimos comunicarle nuestra actual imposibilidad de satisfacer sus finos requerimientos. Causas de diversa índole nos obligan a ello. Lamentando no poder llegar a una solución satisfactoria para ambas partes, reciba con la presente la seguridad de nuestra inalterada estima.

Atentamente, Mónica Meneses».

MÁS ALLÁ DEL ALAMBRADO

Jorge juró y perjuró que su tiro había pegado en la raya y no fuera, como sostenía Fernando, pero éste se mantuvo en sus trece. No era la primera vez que discutían acaloradamente por un punto. Jorge perdió los estribos, sacó la pelota que tenía en el bolsillo del short y la voló de un pelotazo más allá del alambrado del club. Fernando siguió con la mirada su trayectoria y cuando la vio acabar en el patio de una casa, al otro lado de la calle, sacudió la cabeza, furioso. Ahora había que detener el partido para recuperarla, porque sólo habían traído tres pelotas.

Jorge abandonó la cancha de tenis después de apoyar su raqueta contra la red, pasó frente a los vestidores, atravesó el vestíbulo del club y salió a la calle en shorts, tenis y camiseta. Seguía enfadado y, en lugar de caminar hasta la esquina para atravesar la calle al amparo del semáforo, cruzó de una vez, a pesar de que era un tramo peligroso. Tardó un minuto en encontrar el momento propicio para alcanzar la acera opuesta. Una vez allí caminó unos cien metros hasta llegar a la casita de dos plantas y tocó el timbre. El portoncito de reja verde estaba abierto, señal de que había gente en la casa. Como nadie respondía, volvió a tocar. Acarició la idea de dejar la pelota donde estaba y así vengarse de Fernando, que había comprado las tres pelotas el día anterior. Estaba a punto de tocar por tercera vez, cuando una voz de mujer preguntó quién era. Giró la cabeza, pero no vio a nadie. El pequeño patio estaba lleno de plantas, levantó la vista hacia las ventanas del segundo piso y tampoco vio a nadie ahí.

—Vine a recoger una pelota de tenis que se voló del club, señora —dijo con energía, sin saber a quién le hablaba.

—En esta casa ya no devolvemos pelotas de tenis —respondió la voz.

Entonces vio a la mujer a su izquierda, en una esquina del patio, junto a un ficus. Estaba apoyada en un bastón y Jorge le calculó unos sesenta años.

—Puedo ver la pelota desde aquí, señora —dijo señalando un arriate del patio—. Si me deja entrar, la recojo en un segundo y me voy.

No era verdad que la había visto; lo dijo para que la dueña de la casa le diera permiso de empujar el portoncito y entrar en aquel patio modesto, donde seguramente encontraría en seguida la pelota. Con lentitud enervante la mujer avanzó hasta llegar al arriate y se detuvo.

—No veo ninguna pelota —dijo.

—Me equivoqué, creí que era esa piedra. Pero si me da permiso de entrar, la encuentro en menos de un minuto, se lo prometo.

—En esta casa ya no devolvemos pelotas de tenis, pero tienes cara de joven decente, así que pásale.

Jorge empujó el portón, que se abrió con un rechinido. La mujer se dio media vuelta, diciéndole que la siguiera y empezó a caminar hacia la casa. Como Jorge no se movió, ella se detuvo.

—¿No me oíste?

—Señora, seguro que la pelota está aquí —dijo Jorge señalando los arriates junto a la reja.

—Luego la buscas, ahora sígueme —cómo él seguía sin moverse, se detuvo y volteó a mirarlo—. ¿Tienes miedo de una anciana?

Jorge vaciló un momento, luego la siguió hasta la parte posterior de la casa. Ella abrió una puerta y cruzaron una cocina amplia y soleada, entraron en la sala y la mujer le señaló un sofá:

—Siéntate.

—Me están esperando en el deportivo, señora.

—Siéntate un minuto, no te va a pasar nada.

A regañadientes, Jorge se sentó en el sofá.

—¿Te ofrezco un té?

—No, gracias.

La mujer llamó con voz potente:

—¡Margarita!

Asomó una joven con delantal. No debía de tener más de quince años.

—Prepara un té —le dijo la mujer—. Hay agua caliente sobre la estufa.

—Señora, yo sólo vine a recoger...

—¿Lo tomas con leche o solo? —lo interrumpió la dueña de la casa.

—¿Cómo dijo?

—Que si tomas el té con leche o solo.

—Solo, pero mire…

—¿Oíste, Margarita? Sin leche. A mí me traes un vaso de agua, y te apuras, porque el joven tiene prisa —y viendo que él se había levantado, le dijo que volviera a sentarse, luego volteó hacia la criada, que se había quedado inmóvil—. ¿Qué haces ahí parada? ¿Te hicieron de piedra?

La joven se llevó una mano a la boca para ahogar la risa y, dándose media vuelta, regresó a la cocina.

—No le hagas caso, se ve que le gustaste a esa taruga —dijo la mujer, que se sentó en un pequeño sillón enfrente de Jorge y le preguntó cómo se llamaba.

—Jorge.

—Como mi hijo —dijo ella, y se le quedó viendo, como si el hecho de llamarse como su hijo la indujera a buscar un parecido entre ambos. No debió de encontrarlo, porque desvió la vista y dijo:

—Jorgito devolvía las pelotas de tenis que caían en el patio. Tenía un brazo potente. Siempre conseguía volarse el alambrado del deportivo. Le encantaba hacerlo.

Él se limitó a asentir con la cabeza. Pensó que Fernando se estaría preguntando por qué tardaba tanto en regresar y aborreció a esa mujer inválida que lo retenía en su casa.

—Jorgito, a causa de su problema —prosiguió ella, señalándose la cabeza—, nunca tuvo amigos ni fue al colegio. ¡Toda su vida en esta casa, cuidándome! Sólo cruzaba esa puerta para recoger las pelotas de tenis que se volaban desde el club, y las devolvía al instante. Tenía, como te dije, un brazo potente.

La joven criada entró en ese momento sosteniendo una charola con el té, que depositó en la mesita de centro mientras miraba a Jorge de reojo; se llevó una mano a la boca para ahogar la risa y volvió a escaparse a la cocina.

—No le hagas caso a esa tonta, sírvete tú mismo, ahí está el azúcar —le dijo su anfitriona.

Jorge se sirvió un poco de azúcar, revolvió con la cuchara y miró en dirección al patio, esperando que ese gesto le recordara a la mujer por qué estaba allí. La otra le preguntó cuántos años tenía.

—Diecisiete.

—La misma edad de Jorgito.

Le entró la sospecha de que estaba loca y que no existía ningún Jorgito. Pensó que Fernando lo estaría maldiciendo por tardarse tanto, porque había una pareja de jugadores que esperaban su turno para jugar en la cancha de ellos, y aquella demora les daba el derecho de ocuparla.

—¿Te cuento cómo pasó todo? —le preguntó la mujer y, sin esperar su respuesta, detalló lo ocurrido—: Cayó una pelota. No sé cómo le hacía, pero donde sea que se encontraba, Jorgito sabía que acababa de caer una pelota en el patio. Salió a recogerla y en el momento en que iba a lanzarla de regreso, se fijó en la palmera de la calle. Antes de que la transformaran en este horrible eje vial, ésta era de las calles más bonitas y tranquilas de la colonia. Tenía palmeras en el medio, como muchas de las calles de este barrio, pero tú eres demasiado joven para recordarlo.

No le costó trabajo imaginar el arriate central con palmeras. Tal vez de niño las había visto. Había vivido siempre en esa colonia.

—¿Y qué pasó? —preguntó, fingiendo interés para que la otra terminara su historia.

—Se dio cuenta de que la palmera era demasiado alta. Ya me lo había dicho: las palmeras están muy altas, mamá. Y ese día sintió que no iba a superarla con la pelota. Hizo lo que nunca había hecho: abrió el portón de la reja y salió a la acera. Lo tenía prohibido, pero me desobedeció, aprovechando que yo estaba arriba. Pensó que desde la calle le sería más fácil lanzar la pelota.

Se imaginó a Jorgito midiendo el ángulo adecuado para su lanzamiento, y adivinó lo que seguía.

—Tomó la peor decisión —dijo ella—: cruzar la calle para lanzarla desde la acera de enfrente. Escuché desde mi cuarto el frenazo del coche y luego el golpe. Me quedé paralizada.

La miró. Tal vez era más joven de lo que había calculado, pero el dolor y el encierro la habían envejecido prematuramente. Tomó otro sorbo de té y depositó la taza en el platito.

—¡Señora! —llamó la criada desde el pasillo.

—Disculpa, ahora vengo —la mujer se puso de pie y salió de la sala, apoyándose en el bastón.

Jorge se fijó en el mobiliario. Eran muebles de otra época. Había un tocadiscos parecido al que habían tenido en su casa durante muchos años y que luego su padre le regaló al albañil que impermeabilizó la azotea. Cinco minutos después, al ver que la mujer no regresaba, se puso de pie y la llamó tímidamente:

—¿Señora?

La casa estaba sumida en un silencio alcanforado, de otro tiempo. Apenas se oía el tráfico de la calle.

—¿Señora? —repitió, asomándose al pasillo. Oyó la risita de la sirvienta proveniente de la planta superior y la voz de la dueña de la casa, que le decía algo en son de regaño. No lo pensó más, entró en la cocina, la cruzó y salió al patio, caminó hasta el portoncito y empezó a buscar la pelota entre las plantas. Casi enseguida escuchó una voz a sus espaldas:

—¿Es ésta la que estás buscando?

Se incorporó de golpe. El chico gordo en la silla de ruedas le mostraba la pelota de tenis. Tenía algo dislocado en la mirada y se le iba la boca hacia un lado.

—¡Pensé que estabas muerto! —le dijo él.

—¿Cómo?

—¿No eres Jorgito?

—Jorge —corrigió el muchacho.

—Mucho gusto —extendió la mano, pero el otro ignoró su gesto y le dijo:

—En esta casa ya no devolvemos las pelotas de tenis.

—Ya lo sé, pero hablé con tu mamá y me dijo que ésta, en especial, la van a devolver.

—¿Por qué?

—Porque ella y mi mamá son muy amigas, ¿no lo sabías?

—¿Quién es tu mamá?

—La señora Santibáñez.

—No sé quién es. ¿Y tú quién eres?

—Jorge, somos tocayos —extendió de nuevo la mano, el otro volvió a dejarlo con la mano en el aire y él completó el gesto arrebatándole la pelota. El chico, pese a su gordura, tenía reflejos rápidos, lo agarró del brazo y Jorge sintió su fuerza. Sí que tenía un brazo potente. Empezaron a forcejear y tuvo que soltar la pelota. El gordo le escupió en la cara, lo que le hizo dejar de lado sus escrúpulos y empujarlo con todo y silla de ruedas contra el arriate. La silla dio un vuelco, el chico resbaló fuera de ella y cayó en seco sobre el cemento, donde se quedó inmóvil. No lanzó ningún grito. Él recogió la pelota, empujó el portón de la reja y salió de la casa. Una vez en la acera no pudo dar un solo paso. Si el otro hubiera gritado, se habría echado a correr, pero su silencio lo tuvo atado a la reja. Oyó el siseo de una de las ruedas de la silla que seguía girando, volteó hacia el portoncito, que se había cerrado, lo abrió de nuevo y entró en el patio. El gordo seguía inmóvil en el suelo, como si meditara la mejor manera de enderezarse solo. Jorge detuvo la rueda que giraba y levantó la silla, luego se agachó sobre él y pasó las manos por abajo de sus axilas. El otro evitó mirarlo, fijando la vista en las baldosas del piso. Ponte flojo y sujétame del cuello, le ordenó, y el chico obedeció. Por un momento tuvo miedo de que fuera a estrangularlo. Lo levantó de golpe, aguantándolo contra su cuerpo, y consiguió depositarlo en la silla de ruedas. El esfuerzo lo dejó jadeando. También el otro respiraba con dificultad.

—Llévame adentro —le pidió, y Jorge no supo si hacerle caso o cruzar el portoncito y largarse. Vio que el otro tenía un rasguño en la mejilla que sangraba. Recordó que le había escupido y se pasó un brazo para limpiarse la cara.

—Llévame adentro —repitió el gordo.

Se colocó atrás de él y empujó la silla de ruedas. Entraron en la cocina y cuando cruzaron el pasillo que separaba la cocina de la sala, la madre del chico estaba bajando las escaleras. Se sujetaba del pasamanos, seguida por la joven criada, que cargaba el bastón.

—Estaba arriba con Margarita —dijo la mujer. No pareció sorprendida de verlos juntos—. ¿Qué te hiciste en la cara? ¿Otra vez el ficus? —dijo al ver el rasguño en la cara de su hijo.

Jorgito asintió, riéndose.

—Si serás bruto —dijo su madre—. ¿Y tú, chamaco? Tienes también un rasguño en el cuello. ¿Qué te pasó?

—¡No vio el ficus! —exclamó Jorgito con una sonora carcajada.

—Uno más bruto que el otro —dijo la mujer con tono risueño.

Entraron en la sala y ella exclamó:

—Pero no has terminado tu té, chamaco… ¡Margarita!

—Mande, señora.

—Calienta este té, que ha de estar helado.

Jorge no tuvo la fuerza de contrariarla. La criada se llevó de vuelta la charola a la cocina y él se sentó en el sofá. Un sueño pesado le entumía los miembros y pensó que se debía a la lucha con Jorgito y al esfuerzo de subirlo a la silla de ruedas. La dueña le dijo:

—¿No quieres echarte una siesta en mi cuarto? Sube a dormir un poco, te despierto en media hora.

—Me espera Fernando… quieren jugar en nuestra cancha…

Se le cerraban los ojos. Jorgito lo miraba, riéndose. Alcanzó a ver a la madre de él que le hacía un gesto para que se callara. La joven criada, que acababa de entrar, sostenía la charola con el té y también se reía.

Alguien sacudió su hombro y abrió los ojos. Fernando estaba inclinado sobre él, con un dedo sobre la boca para ordenarle que no hiciera ruido, y le preguntó en voz baja por qué estaba dormido en esa casa.

—Me dio sueño —contestó Jorge—. ¿Cómo entraste?

—Toqué el timbre y nadie contestó —dijo Fernando—, pero el portón de la reja estaba abierto y también la puerta.

—¿Te vieron?

—¿Quiénes?

—La señora y Jorgito.

—No vi a nadie. Párate y vámonos.

Sólo entonces pareció comprender que no era un sueño y que era un Fernando real el que le estaba hablando. Intentó incorporarse, pero el vértigo se lo impidió.

—Estoy mareado —dijo.

—Agárrate de mí.

Se apoyó en el brazo de su amigo, que lo ayudó a ponerse de pie, caminaron despacio hasta la puerta y salieron al patio. Él levantó los ojos porque le pareció que los estaban observando desde una de las ventanas de la planta alta, pero no vio a nadie.

—¡Esos cobardes están arriba!

—¿Por qué cobardes?

—Me echaron algo en el té para dormirme. Ve a pedirles la pelota.

—Olvídate de la pelota y vámonos.

Fernando abrió el portón y salieron de la propiedad. Él tenía ganas de gritar «¡Cobardes!» en dirección a las ventanas de arriba, pero seguía mareado y se dejó llevar por su amigo, que lo sostenía de un brazo para que no se cayera, y ese gesto lo conmovió. Fernando tenía mal carácter, pero era un amigo leal. Le preguntó si había tenido que dejar la cancha a los dos tipos que esperaban su turno para jugar.

—Sí. Como vi que tardabas, les dije que podían ocuparla y vine a ver qué había pasado.

—Podemos jugar dobles con ellos —dijo él, deteniéndose de golpe.

—Mírate, no estás para jugar. ¿Qué te hiciste en el cuello?

Se tocó el rasguño a la altura de la garganta y recordó el forcejeo con Jorgito.

—Me rasguñé con un ficus del patio.

—¿Y por qué te tardaste tanto?

—La señora me ofreció un té.

—¿Un té?

—No pude decirle que no, tiene un hijo retrasado mental en silla de ruedas. Y la sirvienta me puso algo en el té, porque de golpe me dio sueño.

—Te dio sueño porque estás desvelado por la fiesta de anoche. Yo también necesito dormir.

Se miraron y Fernando lo observó de golpe como si no lo reconociera.

—¿Qué me ves? —le preguntó.

—Fue mi culpa —dijo su amigo.

—¿Qué fue tu culpa?

—Que tuvieras que venir a buscar la pelota y que hayamos perdido la cancha. Te engañé.

—¿Me engañaste?

—Sí, tu pelota no salió. Pegó en la raya.

LOS HOLANDESES

Las dos familias de holandeses salían todas las mañanas en un pequeño bote de goma para dar un breve paseo por el lago. Iban hasta Los Conejos, un islote arbolado que podía verse desde la playa del *trailer-park*. El bote tenía un motor fuera de borda *Evinrude* de quince caballos. Mi padre, que desde hacía un rato jugaba con la idea de comprar un bote de goma para salir de pesca, decía que era un motor confiable, menos brillante que el *Mercury*, pero más noble y duradero, y todavía, después de tantos años, esos dos nombres, *Mercury* y *Evinrude*, representan para mí dos maneras de ser opuestas.

Cada pareja de holandeses tenía una hija de veinte años y, si mal no recuerdo, las dos familias estaban pasando juntas las vacaciones en el lago porque las hijas eran muy amigas. A pesar de que me doblaban la edad, yo estaba enamorado de una de ellas, la menos llamativa, claramente un ser *Evinrude*. La otra, rubia y extrovertida, era a todas luces una criatura *Mercury* y atraía las miradas de los hombres, pero *Evinrude*, con prestar un poco de atención, se mostraba dueña de una belleza discreta e intachable que terminaba por opacar los encantos un poco convencionales de su amiga.

Mi padre y mi tío venían al lago los sábados y el lunes temprano regresaban a Milán. Durante la semana, faltando ellos, las dos familias holandesas nos tomaban bajo su ala protectora, comunicándose en inglés con mi madre y mi tía, que lo hablaban con algo de trabajo.

Mi tía, esa mañana, se había llevado a mi hermano y a mi primo al pueblo y yo me quedé a solas con mi madre, que trató inútilmente de convencerme de ir con ellos. ¿Por qué no vas?, repetía enfadada, y yo no entendía por qué tanta insistencia de su parte. Las idas al pueblo me aburrían y preferí quedarme en nuestra tienda leyendo un libro. Poco después, a punto de zarpar en el bote para su paseo matutino, los holandeses nos preguntaron si queríamos acompañarlos hasta Los Conejos. Mi madre contestó que se mareaba en cualquier embarcación, pero que yo estaría feliz de ir y, quitándome el libro de la mano, me fue empujando hacia la orilla para que subiera al bote. Creo que fue *Mercury* quien me tomó del mentón y dijo una palabra en holandés que hizo reír a los otros. Era algo sobre mis ojos. *Mercury* y *Evinrude* se la pasaban alabando mis ojos. El motor de quince caballos se encendió, despidiendo una nube de humo, y mi madre nos saludó desde la orilla. No habíamos andado más de doscientos metros cuando uno de los señores me dio a entender que podía ponerme junto a él para manejar el timón. Me senté en la popa y sujeté con fuerza la barra del *Evinrude*, pero tuve dificultad para mantenerla firme, el bote torció a la izquierda y no pude enderezarlo hasta que trazó un semicírculo completo. Ahora el bote apuntaba a la orilla que acabábamos de dejar hacía un minuto y todo parecía indicar que había hecho esa maniobra para regresar con mi madre. No me atreví a mirar a los holandeses, que se limitaron a sonreír, amables como siempre. En lugar de hacerles entender que aquel viraje abrupto se debía a mi torpeza con el timón, me quedé impávido, adecuando mi expresión a la apariencia de los hechos. Llegamos a la orilla y el señor holandés detuvo el bote para que yo me bajara. Dije «Thank-you very much» y los seis me saludaron agitando sus manos. Caminé avergonzado hacia nuestra tienda y cuando entré en ella me sorprendió no encontrar a mi madre. Pensé que había ido a comprar algo en el súper del *trailer-park*, tomé mi libro y me encerré en la tienda a leer, sin el valor de mirar a los holandeses que se alejaban en el bote.

Me dormí arrullado por el ritmo del tren. Era de noche y estaba viajando rumbo a Ámsterdam. En la feria del vidrio de Copenhague le había comprado a un fabricante holandés dos máquinas para vidrio soplado, y el subdirector de la compañía, un larguirucho que se empecinaba en hablarme en español, me había invitado a visitar su fábrica en Ámsterdam, esperando que me animara a ampliar mi pedido. Le dije que era imposible, porque tenía una agenda apretada y esa misma tarde me iba a París. En París, todo fue más rápido de lo previsto, tenía tres días libres antes de volver a México y pensé cambiar el boleto de avión para adelantar mi regreso, pero me acordé de la invitación del holandés, lo pensé unos minutos y fui al hotel, liquidé la cuenta y tomé esa noche un tren para Ámsterdam.

Me alojé en el hotel que el larguirucho me había recomendado y al otro día le hablé por teléfono para concertar una cita. Me invitó a comer y luego me llevó a su fábrica, donde compré un nuevo modelo de maceradora y varias piezas de repuesto para la banda de inyección. Ni la maceradora ni las piezas de repuesto me hacían mucha falta, sólo las compré para dar a todo la apariencia de un viaje de negocios, cuando mi verdadero propósito era buscar a las dos familias holandesas. Durante uno o dos veranos mi madre y una de las dos señoras, creo que la madre de *Evinrude*, se habían mandado tarjetas postales; mi madre guardaba su correspondencia en una caja de zapatos; tal vez había conservado alguna de esas tarjetas y en una de ellas aparecía la dirección de la mujer. Era una idea descabellada buscar a los holandeses después de tanto tiempo, sólo para explicarles que la única razón de no haberlos acompañado esa mañana a la isla de Los Conejos había sido mi torpeza con el timón del bote. Cuando les dijera que había tomado un tren a Ámsterdam para aclararles eso, haría el papel de un demente.

De vuelta al hotel marqué el número de mi madre y tuve miedo de que no se acordara de las dos familias. Tres años atrás había tenido un infarto cerebral, un sector de su memoria se había evaporado y tal vez los holandeses estaban en él. Cuando contestó el teléfono le dije que me encontraba en Ámsterdam en viaje de negocios y se me había ocurrido buscar a los holandeses del lago de Garda. Le pregunté si se acordaba de ellos.

—Cómo no me voy a acordar —contestó ofendida.

Le pedí que buscara en sus viejas cartas la dirección de una de las dos familias.

—¿Pero cómo se van a acordar de ti, si eras un niño de nueve años?

—De diez —corregí, y agregué—: Si tú y yo nos acordamos de ellos, ¿por qué ellos no se van a acordar de nosotros?

Mi madre era enemiga de volver la cabeza hacia atrás y yo sospechaba que su infarto cerebral había sido un recurso para tirar a la basura la mayoría de sus recuerdos. Sin embargo, seguía guardando toda su correspondencia, un montón de cartas que quizá sólo cumplía la función de recordarle que tenía un pasado.

—A ver si encuentro algo, dame media hora —me dijo con sequedad.

Cuando volví a llamarla me tenía buenas noticias: había encontrado tres tarjetas postales de Karla, así se llamaba una de las dos señoras holandesas, y en una aparecía su dirección postal de Ámsterdam. Me dictó letra por letra el apellido de la mujer y el nombre de la calle, luego dijo:

—Seguro que ya se murieron, eran gentes mayores.

—A lo mejor encuentro a las hijas. —Y le recordé que cada familia tenía una hija de veinte años, las dos muy guapas.

—Lo sé, tu padre no le quitaba los ojos de encima a una de ellas.

Le pregunté a cuál, y exclamó:

—¿Cómo voy a acordarme? ¿Por qué me haces estas preguntas?

No me atreví a decirle que tenía curiosidad de saber por qué lado del mundo sentía inclinación mi padre, el *Evinrude* o el *Mercury*.

Colgamos, bajé a la recepción y le mostré al encargado el nombre de la calle. Me indicó su ubicación en el mapa y me aconsejó que fuera caminando, a pesar de que estaba algo lejos. Fue lo que hice y después de veinte minutos desemboqué en un paseo peatonal lleno de tiendas, mucho más iluminado que las otras calles. La noche se había asentado ahí antes que en el resto de la ciudad y por un momento pensé en renunciar a buscar a los holandeses para quedarme en ese corredor adoquinado que brillaba con los tonos fuertes de una escenografía. Me detuve en medio del flujo de gente y advertí en las personas una excitación a flor de piel, como si hubieran venido a buscar algo poco honorable. Algunos, sin embargo, empezaron a mirarme, como si al detenerme estuviera infringiendo una regla, así que seguí caminando y terminé por abandonar esos adoquines en donde había atisbado no sé qué promesa de turbio hundimiento.

La calle de los holandeses era pequeña y el edificio que buscaba estaba casi en la esquina. Era un portón modesto, leí los nombres que aparecían junto a los timbres de los departamentos y, cuando vi el de Karla, sentí pánico. ¿Qué les iba a decir? Suponiendo que se acordaran de mí, ¿cómo hablarles de esa mañana en la que, por culpa del timón del *Evinrude*, no había podido acompañarlos a la isla de Los Conejos? Era mejor darme la vuelta, regresar a la calle adoquinada y mezclarme con la multitud. A mi madre le diría que los holandeses ya no vivían en esa dirección. Me aparté unos metros del portón para echar un último vistazo al edificio, di media vuelta y empecé a caminar, pero me detuve, pensando que no me perdonaría haber llegado tan lejos para irme así, sin intentar nada. Me veía recordando ese atardecer en Ámsterdam y despreciándome por mi falta de arrojo, así que regresé al portón y toqué el timbre.

Pasó un minuto antes de que me abriera un hombre fornido con cara de turco, que me miró con desconfianza. Le mostré la tarjeta donde había apuntado el nombre y la dirección de Karla, leyó el nombre y me hizo una seña con los dedos, que significaba tercer piso. Subí lentamente, porque quería llegar arriba con todo mi aliento. Me veía estrechándole la mano a una vieja encorvada y sorda. Llegando al segundo piso sentí que me observaban, levanté la cabeza y vi asomada al barandal a una mujer de mediana edad, de pelo negro y piel muy blanca. El turco debió de haberle avisado por teléfono que yo estaba subiendo y ella había salido a ver quién era. Subí los últimos escalones y cuando estuve frente a ella, no supe decidirme si era guapa; sus ojos eran grandes, negros como su pelo y su suéter; hice una pequeña reverencia con la cabeza, le enseñé la tarjeta que le había mostrado al turco y le dije en inglés que había venido a buscar a esa persona para darle saludos de parte de mi madre. Me preguntó, también en inglés, cómo se llamaba mi madre, se lo dije y le expliqué que la señora de la tarjeta y mi madre se habían conocido en Italia, en el lago de Garda, y pronuncié el nombre de la localidad donde se encontraba el *trailer-park*. Ella bajó los ojos, hurgando en su memoria, y ese gesto me la devolvió entera. Era ella, la bella *Evinrude*, y la miré pasmado. Estaba en Ámsterdam, frente al primer amor de mi vida. Levantó la vista y me dijo, devolviéndome la tarjeta, que Karla era su madre y que tanto ella como su padre habían muerto nueve años atrás, a pocos meses de distancia uno del otro. Asentí, poniendo cara de pesar. Me preguntó si era la primera vez que venía a Ámsterdam y contesté que sí. Me miró con la vacilación de quien no termina de recomponer una imagen en su memoria y me invitó a pasar.

El departamento estaba atiborrado de muebles y me condujo a una salita, me indicó un sillón y ella se sentó enfrente de mí, ajustándose la falda con un gesto pudoroso que me pareció de otros tiempos, como los muebles. Le pregunté cómo se llamaba. Mariana, contestó, pero no me preguntó mi nombre y pensé que tenía prisa de que me fuera. Dijo que sí, que se acordaba de nosotros, dos mujeres jóvenes con tres niños, dos mujeres cuyos maridos, agregó, venían al lago los fines de semana, ¿no es cierto? Sí, le dije, animado por su buena memoria. Añadió que recordaba especialmente a uno de los dos hombres, un tipo moreno y atlético. Era mi padre, le dije, y me miró fijamente, como si intentara reconstruir los rasgos de mi padre a través de los míos, y me pregunté si entre ella y él no había habido algo. Tal vez estaba a punto de hallar la causa remota, el primer crujido de la descomposición que había acabado en el divorcio de mis padres cuando nos mudamos a México. Para romper el silencio que se había formado pronuncié la palabra *Evinrude*, y le expliqué:

—El bote de ustedes tenía un motor fuera de borda *Evinrude* de quince caballos.

—¡Qué memoria tiene usted! —dijo con algo de fastidio, como si sospechara que se las tenía que ver con un demente.

—Tengo un recuerdo ligado a ese motor —dije, y le platiqué en mi pobre inglés los acontecimientos de esa remota mañana, procurando dar a mi relato un enfoque cómico. Lo conseguí, porque se rio por primera vez y su risa me aceleró el pulso.

—Es un recuerdo que me ha perseguido hasta ahora —le dije, animado por su risa, y cuando dejó de reírse, la vi hermosa como siempre la había recordado, con su hermosura *Evinrude*, discreta y apacible, al grado de que no me había percatado de ella en un principio—. Creo que vine a Ámsterdam sólo para contarle esa historia —añadí, sonrojándome.

Me dijo que la esperara un momento, se levantó y salió de la habitación. Regresó con una caja de cartón, que apoyó en la mesita del centro. Vi que contenía varios sobres de fotografías. Se puso unos lentes y empezó a hurgar en la caja. Mientras lo hacía le miré las piernas, que tenían ese grosor que promete unos muslos paradisiacos, y volví a sonrojarme. Había sacado un manojo de fotos amarradas por una liga y las recorrió una por una, hasta que encontró la que buscaba.

—¡Aquí está! —dijo, y me la entregó, preguntándome si era yo el niño que salía en ella. Me reconocí, rodeado de los holandeses en la orilla pedregosa de Los Conejos. Le contesté que sí, sorprendido de no recordar esa excursión con ellos. Sólo recordaba el viaje abortado a causa de mi torpeza con el timón del bote. Volví a mirar la foto. A mi lado aparecía un hombre moreno de unos treinta años, de pelo negro, cuyo rostro recordaba vagamente, y le pregunté a Mariana quién era. Mi primo Philippe, contestó. Aquella era la única vez que los había acompañado a la isla, me dijo, porque se mareaba en el bote. Philippe tenía una mano apoyada en mi hombro. Era muy guapo, una mezcla de recato *Evinrude* y esplendor *Mercury*. Podía jurar que no estaba en el bote en la mañana en que yo había tenido el problema del timón, así que esa foto era de otra excursión, antes o después de la fatídica.

—Era el único de nosotros que hablaba francés, por eso se comunicaba con tu madre mejor que todos nosotros —dijo Mariana, y se quedó en silencio, mirando una foto que había sacado del montón. La foto se transparentó unos segundos con la luz de la lámpara que tenía a sus espaldas y alcancé a distinguir a un hombre y a una mujer con las cabezas unidas en un gesto romántico, él moreno y ella de piel blanca. Al ver que miraba lo que ella estaba mirando, se ruborizó y guardó esa foto debajo de las otras. Comprendí que mi gesto de intromisión la había molestado; alargó la mano para que le devolviera la foto donde salía Philippe, se la entregué y la puso junto a las otras, luego guardó el montón dentro del sobre y guardó éste dentro de la caja, dejando en claro que la sesión fotográfica había concluido. Me dirigió una mirada dura y vislumbré a una mujer agria, que había vivido toda su vida con sus padres, cuidándolos con amargura y dedicación.

—Debo irme —dije, pensando que unos minutos antes, si ella me lo hubiera pedido, me habría quedado en esa casa para siempre. Me puse de pie, ella se levantó para indicarme la salida y llegando a la puerta me detuve con la intención de preguntarle quién era el hombre de la foto que había ocultado debajo del montón, pero Mariana, como si hubiera adivinado mi propósito, extendió la mano y espetó: «¡Gracias por su visita!», y supe que no me contestaría. Nos dimos un frío apretón de manos, abrió la puerta y la cerró a mis espaldas. Cuando llegué abajo, el turco fornido me abrió el portón y lo cerró en seguida con un golpe seco.

Habían encendido el alumbrado, empecé a caminar y regresaron a mi mente las palabras de Mariana sobre Philippe: «Era el único de nosotros que hablaba francés, por eso se comunicaba con tu madre mejor que todos nosotros». Había dicho «con tu madre», sin mencionar a mi tía. Era sorprendente que recordara que sólo mi madre hablaba francés. Me asaltó una vez más la imagen de mi madre empujándome en la orilla del lago para que yo subiera al bote de los holandeses. Cuando bajé del bote después del giro abrupto con el timón, ya no estaba, y tardó una hora en reaparecer. ¿Había venido a Ámsterdam guiado por el recuerdo de aquella repentina desaparición? ¿Eran ella y Philippe los que salían en la foto que Mariana me había ocultado? De golpe me hallé en el bulevar adoquinado y lleno de gente, en medio de las luces de los aparadores. Me detuve frente a uno, sin fijarme en la mercancía expuesta. Avancé unos pasos, volví a detenerme y pensé en regresar a casa de Mariana y pedirle que me enseñara la foto; le diría que de ella dependían muchas cosas de mi vida y que mi viaje a Ámsterdam sólo tendría sentido si podía verla. Pero supe que me faltaría el valor de enfrentarme al turco. Me vi forcejando con él y arrojado a la calle con violencia. Tal vez el de la foto era él, uniendo su cabeza a la de Mariana. Como me había parado en medio de la acera, la gente me esquivaba de mal humor, y eché a andar de nuevo, dejándome arrastrar por el gentío. El bulevar dibujaba una curva y no me pareció cautivador como una hora antes, sino ruidoso y vulgar. Recordé que me habían dicho que muchas calles de Ámsterdam forman un semicírculo, y pensé que a causa de otro semicírculo, aquel que había trazado con el bote de los holandeses, estaba ahora donde estaba.

EN LA PARADA DEL CAMIÓN INTERESTATAL

Del taxi que se detuvo en la carretera a la altura de la parada del camión interestatal bajó un hombre que vestía un saco de pana. Cuando el taxi arrancó, vio que al otro lado de la carretera había un hombre con maletín de médico, esperando el camión que iba del valle a la sierra. El calor era intenso. El hombre del saco de pana cargaba un pequeño paraguas negro, que abrió para protegerse del sol. El otro puso su maletín en el suelo, se sentó sobre él, dándole la espalda al sol, y se tapó la cabeza con un pañuelo. Los dos se miraron fugazmente. Estaban solos, separados por la cinta de asfalto, esperando dos camiones que iban en dirección contraria.

El del saco de pana, resguardado bajo su sombrilla, encendió un cigarro. Minutos después apareció al fondo de la recta el camión que se dirigía a la sierra, el que esperaba el hombre del maletín, pero éste no podía verlo porque se había sentado dándole la espalda al valle. El camión se fue acercando a la parada, y a pesar del ruido del motor, el del maletín no pareció advertirlo. El tipo del saco de pana exclamó:

—¡Hey, su camión!

Pero el otro no se inmutó.

—¡Hey! —repitió más fuerte el del saco de pana.

El camión se siguió de largo y el hombre del maletín, al verlo pasar a su lado, se levantó y corrió para alcanzarlo, sólo para ver cómo desaparecía detrás de la curva. Se quedó estático unos segundos, luego giró la cabeza hacia el hombre del saco de pana, que sacudió la suya en un claro gesto reprobatorio. En respuesta a ese gesto, el hombre del maletín se llevó un dedo a la oreja y después a la boca y, cruzando ambos dedos, hizo una señal de clausura, para dar entender que era sordomudo. A continuación se sentó sobre su maletín, esta vez mirando hacia el llano, y volvió a cubrirse la cabeza con el pañuelo. Veinte minutos después apareció al fondo de la recta otro camión que se dirigía a la sierra. Se fue acercando, pero el sordomudo no dio señales de moverse. El del saco de pana vio el pañuelo en el suelo y comprendió que se había dormido. Gritó para llamarle la atención, pero se acordó de que era sordo. Buscó una piedra del tamaño adecuado, la recogió y se la tiró, sin acertar. El camión disminuyó la velocidad a pocos metros de la parada y, al no recibir ninguna señal de detención por parte del hombre del maletín, volvió a acelerar y se perdió detrás de la curva. El del saco de pana buscó una piedra más grande, la encontró y esta vez le pegó al otro en una pierna. El sordomudo se puso de pie de un salto; miró al del saco de pana, que se había agachado para agarrar otra piedra, y se agachó a su vez, cubriéndose con el maletín. En eso, apareció el camión que bajaba de la sierra. El hombre del saco de pana levantó el brazo para que se detuviera, unos momentos antes de que una piedra que le lanzó el sordomudo se estrellara contra una de las ventanillas del camión. El chofer, que iba a frenar para detenerse, aceleró de inmediato y el camión se siguió de largo. Los dos hombres lo vieron alejarse hacia el valle y se miraron. El del saco de pana le hizo un gesto de reclamo al del maletín, explicándole con señas que le había tirado la piedra para sacudirlo de su sopor (pegó ambas manos a la mejilla, inclinando la cabeza y cerrando los ojos). El hombre del maletín respondió abriéndose de brazos, en un gesto que era de disculpa y al mismo tiempo de reproche por la pedrada recibida y, levantándose la pernera del pantalón, le mostró al otro la herida en la tibia. El del saco de pana, molesto por haber perdido su camión, soltó una patada a una piedra, que le arrancó un grito de dolor; dio unos pasos cojeando y se sentó en el suelo a sobarse el pie. El del maletín volvió a sentarse sobre el maletín para mirarse la herida. Los conductores de los pocos autos que pasaban pudieron ver a dos hombres sentados a la altura de la parada del camión interestatal, separados por la cinta de asfalto, frotándose sus extremidades inferiores.

El cielo se había cubierto de nubes y cayeron las primeras gotas. Cuando el aguacero arreció, el hombre del saco de pana le hizo señas al hombre del maletín para que se guareciera debajo de su paraguas. El del maletín cruzó la carretera y los dos se apretujaron bajo aquel resguardo, contemplando el aguacero sin moverse. En cierto modo era más fácil estar así que uno frente al otro, mirándose de reojo. De pronto el sordomudo hizo un gesto al del saco de pana para indicarle que le urgía hacer una necesidad y, tapándose con el maletín, se alejó por el camino de terracería, hacia una zanja llena de arbustos. El hombre del saco de pana sopesó el percance que significaba defecar bajo aquel aguacero, teniendo como única protección un maletín, y fue tras él, lo alcanzó y le cambió el maletín por el paraguas, cosa que el otro le agradeció con un gesto. El del saco de pana regresó a la parada con el maletín sobre su cabeza, miró hacia el valle y vio que se acercaba el camión del sordomudo. Le gritó al sordomudo que se diera prisa, pero se acordó de que era sordo. Cuando el camión llegó a la parada, levantó el brazo, el camión se detuvo y se abrió la puerta. Le pidió al chofer que esperara un momento y corrió hacia la zanja, donde estaba el sordomudo cagando debajo del paraguas; levantó el paraguas y, al ver que el otro no había terminado, le hizo seña al chofer para que aguantara un poco, pero el chofer no podía demorarse y cerró la puerta, el camión arrancó y el del saco de pana lo vio doblar la curva, apenas un minuto antes de que apareciera su camión que bajaba raudo de la sierra, demasiado lejos para alcanzarlo. Maldijo al sordomudo y aventó el maletín al suelo. Con el golpe, el maletín se abrió. Se agachó para cerrarlo y vio dos ojos abiertos que lo miraban. Retrocedió unos pasos, incrédulo. Volvió a acercarse y miró la cabeza humana. En los bordes del cuello cercenado la sangre seca había formado unos grumos negros. Sintió el impulso de huir, pero se contuvo, porque el sordomudo, atrás de los arbustos, se estaba incorporando. Cerró el maletín. Había dejado de llover. El otro le devolvió el paraguas y alargó la mano para que le diera el maletín. Se lo entregó, procurando disimular su pánico, luego echaron a andar hacia la carretera, el sordomudo adelante y él unos pasos atrás, sin quitar los ojos del maletín negro.

Había anochecido y los pocos coches que transitaban por la cinta de asfalto tenían las luces prendidas. Estaban de nuevo uno frente al otro, aguardando cada uno su camión, pero esta vez el sordomudo no se sentó sobre el maletín. Al fondo de la recta brillaron los faros de su camión. Cuando estuvo cerca, levantó el brazo para detenerlo y se despidió con un gesto del hombre del saco de pana, que respondió con un movimiento de la cabeza. El camión arrancó, llevándose al sordomudo, y el hombre del saco de pana respiró aliviado. Entonces vio el bulto en el suelo. Lo miró, maldijo al sordomudo, cruzó la cinta de asfalto, agarró el maletín y miró a ambos lados de la carretera. Pensó que podía ir a ocultarlo en la zanja, pero corría el riesgo de perder su camión, que iba a llegar de un momento a otro. Desechó la idea de dejarlo donde estaba. El chofer con quien había cruzado unas palabras bajo el aguacero lo había visto sostener el maletín sobre su cabeza y era probable que recordara no sólo el maletín, sino también su cara. Escuchó el ruido de un motor y apareció su camión en la curva. Decidió llevar el maletín consigo, cruzó rápidamente la carretera e hizo la señal de parada. El camión se detuvo, se abrió la puerta y él subió. El chofer le preguntó:

—¿Es usted doctor?

—¿Cómo dijo?

—Que si es usted doctor —repitió el hombre, señalando el maletín.

El del saco de pana dudó un momento y contestó que sí.

—Hay una mujer atrás que se siente mal. Vaya a verla, luego le cobro —dijo, y arrancó.

LA CANTERA

No debo sudar, se dijo. Recordaba haber leído en «La fogata» de Jack London que el sudor es el peor enemigo en un día de mucho frío, porque el cuerpo húmedo expuesto a bajas temperaturas se congela más fácilmente que cuando está seco. Había amanecido con mucha niebla y durante todo el día los autos no habían dejado de transitar con los faros encendidos. Llevaba más de media hora pedaleando rumbo a la cantera, la vista fija en el bordillo de la avenida, y el pedaleo regular y la niebla lo tenían sumido en una suave hipnosis.

De pronto el tráfico menguó, señal de que había alcanzado los primeros descampados de los suburbios. Pensó que hubiera sido prudente volver, pero se sentía con fuerza para pedalear durante muchos kilómetros y no quiso romper el embotamiento que le producían el frío y la escasa visibilidad. Más adelante encontró la desviación que buscaba. Tomó por el camino de terracería y a los pocos minutos escuchó unas risas a los lejos. Por lo visto, no era el único que había tenido la idea de visitar el estanque congelado. Cuando llegó al final de aquel tramo, vio varias bicicletas en el suelo. Un poco más allá, unos muchachos se deslizaban sobre el hielo que se había formado en el pequeño lago de la cantera. Lanzaban gritos de satisfacción y se empujaban unos a otros para derribarse sobre aquella planicie resbaladiza. Dejó la bicicleta en el terraplén, para que no se confundiera con las otras, y bajó hasta alcanzar la superficie helada, que pisó con cuidado para comprobar su firmeza.

Se deslizó tímidamente y durante los primeros minutos los muchachos no le hicieron caso. Entonces, en uno de sus deslizamientos se tropezó adrede y cayó de nalgas sobre la superficie dura. La treta dio resultado, porque a partir de ese momento lo tomaron en cuenta, aunque no al grado de preguntarle cómo se llamaba.

Cuando se hartaron de aquel juego decidieron ir hasta el islote que había en el centro del estanque y se armaron de palos y ramas para probar el espesor del hielo. Él tomó su lugar en la fila india y avanzaron sobre la delgada capa de nieve que cubría la superficie helada. En los sitios donde la nieve se había derretido y podía verse el agua azulosa debajo del hielo, la visión de las burbujas que el frío había inmovilizado a la mitad de su ascenso desde el fondo del estanque, le dio la medida de su profundidad, y por primera vez tuvo miedo. El jolgorio inicial había dejado paso al golpeteo de los palos con los que todos tanteaban el hielo bajo sus pies. Él procuraba pisar las huellas de los muchachos de adelante, y así estar seguro de que hollaba un suelo firme, un truco que había aprendido leyendo *La prisión blanca*, sobre el viaje del capitán Shackleton al Polo Sur. Sus pies eran lo único que se destacaba en la blancura que formaban el suelo congelado y la niebla, y volvió a caer en un agradable entumecimiento. ¡Qué lejos estaba de su casa!, pensó, y se detuvo en medio del silencio que, de golpe, advirtió a su alrededor; volteó hacia atrás y a los lados, miró el suelo en busca de las huellas de los que lo precedían y no vio nada. ¡Estoy aquí!, gritó, como si respondiera a un llamado de los muchachos, pero nadie lo había llamado y nadie tampoco le contestó. Buscó sus propias huellas para regresar, siguió el rastro durante unos metros y de pronto escuchó un crujido bajo sus pies y se quedó inmóvil. Había leído en *El hombre de Alaska*, de Curwood, que lo peor que puede hacerse cuando el hielo se quiebra es echarse a correr; en lugar de eso, hay que caminar con las piernas un poco separadas para distribuir el peso del cuerpo sobre una superficie lo más amplia posible. Pero no sabía hacia dónde dirigirse. Pensó que cualquier dirección era buena, porque era una laguna pequeña, y avanzó durante un centenar de metros, probando el hielo con el palo. El perro apareció de la nada. Negro y enorme, lo miró como si lo hubiera estado esperando. No tenía collar, pero supo que debía de pertenecer a una de las alquerías cercanas. Se paró en seco y le pareció oír su propio corazón, seguro de que también el perro lo oía. El animal gruñó, mirándolo fijamente, y él desvió la vista, porque había leído en *Hacia rutas salvajes*, de Jon Krakauer, que ante un encuentro repentino con un lobo hay que evitar mirarlo a los ojos. El perro no se movía y a él le pareció que se sentía inseguro sobre la superficie helada. Pensó que también se había perdido, y cuando ladró, le sonó más a un llamado de ayuda que de amenaza. Extendió una mano, haciendo la señal de alto para detener un eventual ataque del animal, y el perro se quedó mirándolo, como intimidado por ese gesto frágil y solemne. Jadeaba con la lengua de fuera, luego giró milagrosamente el hocico hacia otro lado y se marchó, desapareciendo en la niebla.

Trató de calmarse, esperó un par de minutos y reanudó la marcha en la misma dirección del animal, siguiendo sus huellas y confiando en que lo llevarían a la tierra firme. Poco después divisó el contorno del terraplén y se dirigió hacia allá con cuidado, porque pisaba la parte menos firme de la planicie de hielo. En efecto, la capa helada del lago se había roto en el punto de unión con la orilla, formando un boquete que era imposible franquear con un salto. Tuvo que hundir el pie en el agua, sintió la dentellada del frío y el fondo cenagoso, hundió el otro pie y con un pequeño impulso alcanzó el suelo de la ribera. Se sentó sobre una piedra para liberarse de los zapatos y los calcetines, porque había aprendido en *Iglús en la noche*, de Hans Ruesch, que si se cae en un estanque helado hay que quitarse la ropa para evitar la hipotermia y la gangrena. Se frotó los pies desnudos para hacer circular la sangre y exprimió los calcetines hasta la última gota de agua; volvió a ponérselos, se calzó los tenis y se puso de pie.

Buscó su bici a lo largo de la orilla, para lo cual anduvo un centenar de metros, luego regresó sobre sus pasos y contó otros cien metros en la dirección opuesta. Vio el largo surco sin nieve que habían producido él y los muchachos al deslizarse sobre el hielo y se dijo que la bicicleta debía de estar ahí cerca. Inspeccionó una vez más la orilla en ambos sentidos y al final se rindió ante la evidencia de que los muchachos se la habían llevado.

Subió por el terraplén para tener una visión más amplia del sitio, pero la niebla seguía muy densa y sólo alcanzó a ver arbustos, piedras y troncos atravesados. Unos pocos metros más adelante, apoyada sobre uno de esos troncos, vio su bici. Recordó que la había dejado ahí antes de bajar hacia la orilla congelada. La levantó, viendo que no faltara nada. Estaba intacta. La empujó entre las piedras y los arbustos, cuidando de no hacer ruido para no atraer la atención del perro, que debía de andar cerca, y cada tanto golpeaba los pies en el suelo para quitarse la sensación de humedad de los calcetines. De pronto divisó la cinta asfáltica. Caminó hacia allá, y cuando se montó en la bici, no supo qué dirección tomar. Pedaleó despacio, temiendo otro encuentro con el animal. La niebla empezaba a dispersarse o él se había acostumbrado a mirar a través de ella, porque vio la hoguera cuando estaba todavía a veinte o treinta metros de distancia. El hombre estaba sentado de una manera curiosa, a medias en cuclillas y a medias aposentado sobre un bote de pintura, acercaba las manos al fuego y se las frotaba con vigor. Pensó que podía ser el dueño del perro. Cuando hizo sonar el timbre de la bici, el otro giró la cabeza. Me perdí, le dijo, y el hombre lo miró con la misma perplejidad con la que lo había mirado el perro unos minutos antes. Pronunció el nombre de su calle y le preguntó si podía indicarle el camino de regreso. El hombre le dijo que llevaba dos meses en la capital y no estaba familiarizado con aquellos rumbos; sin embargo, esperaba de un momento a otro a su hermana, que seguramente podría guiarlo de regreso. Los modales y la voz del hombre lo tranquilizaron, bajó de la bici, la empujó hacia la fogata y se sentó junto a ésta para calentarse. El otro volvió a prestar atención al fuego, como si estuviera acostumbrado a recibir visitas de la gente que transitaba por la calzada, y le preguntó de dónde venía. Él le contestó que de la cantera, donde había caminado sobre el hielo con unos muchachos para alcanzar la islita del centro del estanque, hasta que los había perdido de vista y se había topado con un gran perro negro, cuyas huellas lo condujeron de regreso a la orilla. El hombre lo escuchó sin abrir la boca, observó que tenía los zapatos mojados y le dijo que se los quitara para calentar los pies junto al fuego. Obediente, se quitó los tenis y los calcetines, los puso a secar cerca de las llamas y volvió a frotarse los pies. Sólo entonces se dio cuenta de la construcción que había atrás de ellos, una especie de bunker con un portón verde. Pensó que era una fábrica y que el hombre debía de trabajar ahí, quizá como vigilante. Había una garita, una especie de cápsula de hormigón que sobresalía del muro frontal, con una delgada fisura que no merecía el nombre de ventana. El hombre, a un cierto punto, se puso de pie, caminó hacia ese abombamiento y abrió una puerta que él no había visto, porque era del mismo color del hormigón, y penetró en la estructura gris, cerrando la puerta a sus espaldas.

Lo esperó unos minutos. Al ver que no regresaba se puso los calcetines, volvió a ponerse los tenis y se levantó. Le atraía la puerta, pero por la manera en que el hombre había desaparecido tras ella, como si la cápsula se lo hubiera tragado, prefirió no acercarse. Levantó la bici y la empujó hacia la calzada. Iba a subirse en ella, cuando vio un faro venir a su encuentro. Escuchó el chirrido de los frenos de una bicicleta, y una voz de mujer pronunció una grosería. Era una mujer voluminosa y vieja, con un abrigo pesado, que le lanzó una mirada colérica y le preguntó qué hacía allí. Contestó que se había perdido y no sabía cómo regresar a su casa. La otra profirió otra grosería, le preguntó dónde vivía y, al oír su respuesta, volteó la cara hacia ambos lados de la calzada, como para orientarse. Deberías estar encerrado en tu casa con este frío, ¿por qué te dejaron salir tus padres?, le preguntó. Estuvo a punto de contestar que se peleaban a cada rato y por eso había salido con la bici rumbo a la cantera, pero se quedó callado, esperando que la mujer le tuviera lástima y lo ayudara a salir de ahí. La otra le dijo ¡Sígueme!, y le advirtió que no se despegara del farito rojo del guardabarros de su rueda. Arrancó despacio y él arrancó tras ella. La silueta de la mujer lo intimidaba y dudó si hacía bien en seguirla. Se concentró en la lucecita roja, como la otra le había ordenado, y pensó que su excursión a la cantera había consistido en fijar obsesivamente la vista en algo cada vez distinto: primero el bordillo de la avenida, luego las huellas de los muchachos en pos de la pequeña isla en medio de la laguna, después las del perro salvador y ahora esa luz roja sobre el guardabarros de la rueda trasera de esa mujer corpulenta.

Regresó en verano a la cantera con sus amigos, en la que sería su última excursión en grupo, porque se habían cansado de andar en bici, soñaban con hacerse de una moto, la cantera los aburría, empezaban a ir a las primeras fiestas y dos de ellos ya tenían novia. Cuando subieron la suave pendiente que los situó por arriba de la gran fosa llena de agua, él casi no pudo creer lo que vio. Sin la niebla, el lugar le pareció diminuto. Pensó que a lo mejor se había estrechado porque ahí descargaban el cascajo los camiones de las obras de los alrededores, pero cuando les dijo a sus amigos que la cantera era más pequeña, ellos no estuvieron de acuerdo y opinaron que estaba igual que siempre. No les había contado de su travesía solitaria de aquella tarde de enero. Él mismo la veía como algo dudoso y se preguntaba a veces si no la había soñado. Bajaron por el terraplén y dejaron las bicicletas sobre la hierba. Había unos cuantos pescadores en la orilla contraria. Los otros se sentaron para echarse un cigarro. No soportaba el tabaco y empezó a caminar, tratando de dar con el lugar donde él y los muchachos se habían deslizado sobre el hielo. Le impresionó la cercanía de la islita en el centro del estanque. Cruzarlo en medio de la niebla le había parecido toda una excursión polar, y ahora, bajo el sol abrasador de julio, ese trayecto se le antojó de no más de cinco minutos. Recordó las gordas burbujas detenidas por el hielo en su ascenso desde el fondo del estanque y revivió el pavor que le habían producido. Trepó por el terraplén con la esperanza de divisar desde una mayor altura la construcción de hormigón, frente a la cual había encontrado al hombre junto al fuego, pero el verano obstruía con su apretado telón de árboles cualquier perspectiva que rebasara el perímetro del espejo de agua. Desde la escasa altura donde se hallaba, se dijo que sus amigos tenían razón. Era un sitio aburrido, bueno para unos cuantos ancianos jubilados que venían a echar el anzuelo en las tardes de calor. Volteó hacia donde los había dejado fumando, pero no pudo verlos, y sintió el impulso de desaparecer de sus vidas, de sus novias y de sus cigarros. Tal vez todavía no les perdonaba que ninguno hubiera querido acompañarlo esa tarde de enero, cuando se había montado en su bici para lanzarse a recorrer en pleno invierno aquella ruta veraniega.

Recostado sobre el pasto, mirando el cielo, pensó que la cantera no tardaría en desaparecer. En su excursión invernal no se había dado cuenta de ello a causa de la niebla, pero ahora el verano le había revelado que la ciudad se extendía hasta alcanzar las primeras alquerías de las afueras, absorbiendo el escaso mundo campesino que aún sobrevivía en los suburbios. Tal vez desde el próximo invierno aquel sitio sería irreconocible, porque taparían la cantera para construir un edificio de oficinas o un centro comercial. Entonces oyó atrás suyo unas pisadas suaves. Reconoció el jadeo y se puso rígido. No se atrevió a girar la cabeza por el temor de alarmar a la bestia con un movimiento brusco. Le llegó el aliento cálido del animal y cerró los ojos. Temió que con su fino oído pudiera oír los latidos de su corazón, y que eso no le gustara. Cuando lo oyó alejarse, permaneció inmóvil todavía unos minutos. Lo había olido y reconocido. Sabía por el libro de John Fillmore, *Un lobo en la casa*, que los perros nunca olvidan un olor. Al fin se reincorporó. Estaba mareado, se puso de pie y caminó por la cresta del terraplén hasta alcanzar a sus amigos. Cuando se paró frente a ellos y le preguntaron dónde se había metido, espetó:

—Mis padres se separaron.

Los cuatro se miraron entre sí. Uno de ellos le preguntó cuándo, él contestó que una semana atrás y añadió que su padre ya no vivía con ellos. Volvieron a mirarse. El que le había preguntado cuándo se habían separado, sacó la cajetilla de cigarros y le ofreció uno. Él negó con un gesto, pero el otro insistió:

—Déjate de mariconadas.

Tomó el cigarro y los demás notaron sus dedos temblorosos. Cada uno tomó un cigarro, a pesar de que acababan de fumar. Alcanzaron a encender los cinco cigarros con un solo cerillo, y cuando empezó a toser, se rieron de él y le mostraron cómo dar el golpe y sacar el humo de la nariz.

ROXIE MOORE

Me había adormecido. Cuando desperté éramos apenas unos cuantos los que quedábamos en la habitación, más la rubia de pantalones vaqueros. Me froté los ojos. Había dormido unos veinte minutos. La rubia estaba contando lo difícil que habían sido sus comienzos en la industria. Dijo así, «industria», en lugar de «oficio» o «profesión». Le calculé la edad de Roxie, o sea no menos de cincuenta, pero era bajita y poco atractiva, así que no debía de hacer lo mismo que hacía Roxie. Éramos seis, incluyéndola a ella (me refiero a la rubia, no a Roxie, que por estar muerta no entraba en la cuenta). Me levanté para servirme un café de la máquina que estaba en una esquina de la habitación, miré mi reloj y vi que faltaban tres horas para mi camión de regreso. La rubia seguía contando sus comienzos en la industria, en la cual, nos dijo, había entrado gracias a Roxie. No la llamaba por su nombre, sino que decía «ella». Roxie Moore era claramente un nombre postizo y tal vez la rubia prefería no revelarnos cómo se llamaba su amiga porque había intuido que éramos unos simples admiradores. Nos dijo que se habían conocido en Los Ángeles y nunca supo bien de dónde era «ella», aunque creía recordar que de algún lugar de la costa este. En la industria, nos dijo, todo el mundo aprende rápidamente a ocultar el acento de su lugar de origen, porque frente a las cámaras hay que usar una lengua neutra. Por otra parte, añadió, en ese género de cine se habla muy poco. Los cinco hombres sonreímos, y ella, animada por nuestra reacción, dijo que conocía a actores que se ufanaban de no haber pronunciado una sola palabra en toda su carrera. Volvimos a reírnos. Puros gemidos, dijo, y los remedó con bastante gracia. Era realmente simpática. Claro, no tenía ni de lejos el cuerpo de Roxie, aunque gimiera a la perfección. A continuación nos platicó que a «ella», o sea a Roxie, le habían extirpado la mitad del seno izquierdo a causa de un tumor, lo cual pudo haber sido el fin de su carrera, porque el cirujano plástico la cagó en serio, lo que se dice cagarla, y de no haber sido por ella, Roxie no habría vuelto a pisar un *set*. Nos preguntó si alguno de nosotros había notado alguna vez la cicatriz de su seno izquierdo y otra que tenía en la panza, causada por una hernia umbilical. Los cinco negamos con la cabeza. Era evidente que ninguno de los que estábamos ahí, excepto la rubia, éramos parientes o amigos de la finada. Juré que los otros, como yo, habían venido a despedirse de Roxie después de enterarse de su fallecimiento en su página web o por cualquier otro medio. A lo mejor ocurría lo mismo en los velorios de todas las Roxies: se van retirando los familiares, los amigos y los colegas, y quedan al final los navegantes adictos.

Como dije, los cinco negamos con la cabeza, y la rubia dijo que en efecto era imposible que hubiéramos notado algo, a pesar de que las dos cicatrices eran grandes, porque, modestia aparte, ella conocía su trabajo, y si le hubieran pedido que le ocultara el cuerno a un rinoceronte, lo habría logrado. Volvimos a sonreír. En este negocio, dijo, hay sólo dos cosas imprescindibles: las erecciones y el maquillaje. Se levantó, caminó hacia el ataúd y se inclinó sobre el cuerpo de Roxie; luego, dirigiéndose al hombre de lentes, le pidió que vigilara la entrada. El hombre de lentes no entendió y ella le dijo que estuviera atento a que no entrara nadie de la funeraria. El tipo se colocó junto a la puerta y nosotros nos miramos con expresión vacilante. Vengan a ver, dijo después de trajinar un momento sobre el cuerpo de Roxie, y nos levantamos para acercarnos al féretro. Había descubierto el seno izquierdo de Roxie para mostrarnos la cicatriz que iba del pezón hasta la parte inferior de la mama. Me quedé pasmado, no por la herida sino por el seno al descubierto. Observé a mis compañeros de duelo y vi en sus rostros la misma turbación. Miré el de Roxie, avejentado pero todavía hermoso, que hasta ese momento no me había atrevido a mirar, conformándome con su foto de joven colocada a un lado del ataúd. Los de la funeraria habían hecho un buen trabajo ocultando las marcas del accidente. Miren la diferencia, dijo la rubia, descubriendo el otro seno y sosteniendo erguidas las dos mamas con cierto aire de presunción.

Los cuatro nos apretujamos para mirar. Contemplé el pecho rubensiano de Roxie Moore, el mejor pecho de todos los sitios de la red especializados en gordas y maduras. El hombre de la chamarra de cuero extendió su mano, rozó la cicatriz y apretó suavemente uno de los senos. El que estaba a mi lado, un gordito calvo, tocó el otro. Fue mi turno y palpé ambos senos con delicadeza, comprobando que conservaban una firmeza envidiable a pesar de las cincuenta y pico primaveras de Roxie. Entonces el tipo de lentes abandonó su puesto de vigilante para venir a mirar y el de la chamarra de cuero fue a ocupar su lugar junto a la puerta. El de lentes se quedó absorto, contemplando a Roxie, como si no pudiera creerlo, y no quiso tocarla. La rubia desabotonó el resto de la blusa para enseñarnos la cicatriz del vientre. Miren eso, dijo con jactancia. Díganme si no se nota, y los cuatro asentimos. Vaya que la cicatriz se notaba y no había duda de que la mujer conocía su trabajo. Hizo el ademán de volver a abotonar la blusa, pero el hombre del suéter de cuello de tortuga le agarró la muñeca y le dijo que esperara. Era el más viejo de nosotros, nos miró, miró a la rubia y le dijo: Ya que empezaste, termina. ¿Termino qué?, preguntó ella. De quitarle la ropa, dijo el viejo. No hay nada más que ver, dijo la rubia, e intentó zafarse, pero el viejo, que era fuerte, no la soltó. Nos mostraste tu trabajo, ahora la queremos ver completa, le dijo, y a continuación nos preguntó a todos: ¿Qué dicen? Yo me quedé callado. ¡Suéltame!, le dijo la rubia al viejo, pero éste no le hizo caso y siguió mirándonos, esperando una respuesta. El gordito calvo dijo: ¡Sí, ya que empezó, que termine!, y el viejo me miró a mí. Si lo hacemos, que sea rápido, dije yo. ¡No voy a hacer nada!, exclamó la rubia. El viejo no le había soltado la mano y la amenazó: ¿Quieres que llamemos a los de la funeraria y les digamos que le descubriste las tetas y la panza? ¿Sabes que por algo así puedes acabar en la cárcel? La rubia respiró profundo y debió de captar nuestra determinación; volteó hacia la puerta para asegurarse de que estábamos bien cubiertos y dijo: Está bien, pero suéltame, me estás lastimando. El viejo la soltó y ella se frotó la muñeca adolorida. En eso, el tipo de la chamarra de cuero nos avisó que venía alguien de la funeraria. El viejo nos ordenó que nos arrimáramos al féretro y empezó a rezar un Padrenuestro. Todos lo seguimos en el rezo, incluida la rubia. Entró un empleado bajito y al ver que estábamos rezando se detuvo en la puerta y le comunicó algo en voz baja al de la chamarra de cuero, luego se retiró y el de la chamarra de cuero nos vino a decir que los de la funeraria regresarían en diez minutos para cerrar el ataúd. Entonces el tipo de lentes, que no había abierto la boca, dijo que no nos iba a dar tiempo de quitarle toda la ropa a Roxie y que con bajarle los pantalones sería suficiente. El viejo volteó hacia él y le espetó a la cara: ¡No voy a dejarla con los pantalones bajados! ¡O la desnudamos toda o no le quitamos nada! Y nos miró a los demás, que asentimos. A continuación, le hizo una seña a la rubia para que lo ayudara y entre los dos levantaron el torso de Roxie, cuya cabeza se ladeó como la de una marioneta. El tipo de la chamarra de cuero abandonó su puesto de vigía y vino a tocarme el hombro para decirme: Vas tú. Fui a colocarme en la puerta a regañadientes y desde ahí vi cómo le quitaban la blusa a Roxie y luego le sacaban los pantalones. Escuché un suspiro de admiración, no pude aguantarme y me acerqué a ver sus maravillosos muslos, pero el de la chamarra de cuero exclamó: ¿Qué haces?, y tuve que regresar a mi puesto de centinela. Sentí entonces que con Roxie siempre había sido así: verla a cachos, con apuro, con miedo a ser sorprendido. Así había sido en la casa, ante la computadora, con el peligro de que Edda y los chicos entraran en cualquier momento en el cuarto, y ahora era igual en la funeraria, donde apenas podíamos rozarla, atentos a que no entrara nadie. Roxie, donde sea que estuviera, era un fruto inalcanzable, tal vez por eso se había vuelto una especie de obsesión. Tal vez el viejo quería verla desnuda para convencerse de que era sólo una mujer que se había ganado la vida como podía. Tal vez por eso los cinco estábamos ahí, junto a su féretro.

Empezaron a discutir. ¡Eso sí que no!, exclamó la rubia, y vino hacia mí y me dijo que me relevaba junto a la puerta. Están ustedes enfermos, me dijo en voz baja. Caminé hasta el féretro. Estaban dándole la vuelta a Roxie entre los cuatro. La dejaron bocabajo, completamente desnuda, y el gordito amontonó su ropa debajo de la pelvis para que las nalgas quedaran levantadas. ¡Ahí estaba el formidable culo de Roxie Moore, la Meca de todas mis peregrinaciones por la triple equis! Quién sabe cuántos corazones habían destrozado esos dos hemisferios blancos, con esa enloquecedora elipse de piel oscurecida alrededor de la unión de las nalgas, resultado de su frotación durante toda una vida, como se frotan dos placas tectónicas. Esa era la postura infaltable de Roxie, el no va más de la desnudez que uno mendiga en los sitios *hard* de la red. Así la había conocido y recuerdo mi sensación de estar frente a algo definitivo cuando me topé con ella en esa posición cuadrúpeda. La había seguido a lo largo de los años en su gradual envejecimiento, pero su culo se había mantenido intacto y ahora estaba ahí, a sólo medio metro de mis ojos, y me incliné a besarlo, primero una nalga y luego la otra. Los demás me imitaron, repitiendo el mismo beso simétrico, incluido el hombre de lentes. Que se vaya así, dijo a continuación el de suéter de cuello de tortuga, el más viejo de nosotros. ¿Cómo que así?, preguntó el de la chamarra de cuero. ¡Esa era Roxie!, exclamó el viejo con rabia. Al fin alguien había pronunciado su nombre. Yo no dije nada, porque no podía quitar los ojos de sus glúteos y pensé que el viejo a su modo tenía razón. Roxie había alcanzado volteada su peculiar perfección y era justo que descansara volteada eternamente. El viejo sacó un billete de cien dólares, nos lo mostró y dijo: Luego hacemos cuentas. Un minuto después apareció un joven de la funeraria con un destornillador en la mano. El viejo lo llamó para que se acercara, le hicimos un espacio junto al ataúd y cuando vio a Roxie bocabajo y en cueros, lanzó una exclamación de asombro. Era apenas un jovencito. Es nuestra voluntad y una vez que cierres el ataúd, nadie se va a enterar, le dijo el viejo, mostrándole el billete de cien dólares. Se lo deslizó en el bolsillo de su camisa y dio tres golpecitos ahí, para cerrar el trato. El joven nos miró, estaba asustado, tragó saliva y procedió a cerrar el ataúd. Dimos respetuosamente un paso hacia atrás, vimos cómo atornillaba los pernos de la tapa y volvimos a sentarnos. Poco después llegó otro empleado, empujando un armazón metálico con ruedas. Entre los dos cargaron el ataúd sobre el armazón y se lo llevaron. A continuación el viejo se levantó para pedirnos veinte dólares a cada uno. Cuando la rubia hizo el ademán de abrir su bolso, le hizo seña de que no hacía falta. Va por nuestra cuenta, le dijo, y los demás aprobamos con la cabeza.

PANADERÍA NOCTURNA

Durante mi estancia en Berlín no leí un solo libro y me dediqué a caminar. En cierto modo sustituí la lectura con las caminatas. Mi primera salida era a las 5:40 a.m., para comprar el pan. Había una panadería frente a mi casa, pero como hacía un pan bastante malo, busqué y encontré otra, algo distante, que vendía un pan excelente y abría a las seis. Acostumbro escribir temprano, así que bajaba a las 5:40 para estar en la panadería a las seis en punto, compraba los «acht kleine Bröchten», que era la diaria provisión de pan que consumíamos en casa, y regresaba para escribir. Lo hice tanto en invierno, mucho antes de que amaneciera, a ocho o diez grados bajo cero, como en verano, cuando a las 5:40 las ventanas de los pisos altos de los edificios ya relumbraban con los primeros rayos del sol.

Siempre me ha producido placer caminar muy temprano, todavía de noche, cuando empiezan las señales del nuevo día y se encienden las primeras ventanas de los edificios. A veces alguna mujer sola se cruzaba en mi camino y me satisfacía comprobar que venía segura a mi encuentro, porque algo en mi modo de caminar le advertía que no tenía nada que temer. Unos pocos metros antes de encontrarnos una breve mirada, a veces acompañada de una sonrisa, refrendaba su seguridad.

De regreso de la panadería mi aspecto no sólo era tranquilizador, sino incluso insignificante. ¿Qué puede tener de peligroso un hombre que lleva una bolsa de pan bajo el brazo? Las mujeres que se cruzaban conmigo ya no gastaban ninguna sonrisa y ni siquiera me miraban a la cara, arropadas por el ritmo de la ciudad que despierta. En cosa de apenas diez minutos había nacido el Berlín de costumbre, donde nadie mira al prójimo.

Pese a llegar puntualmente a las seis, cada mañana me topaba con un cliente de la panadería más madrugador que yo. Era un hombre entre cincuenta y sesenta años. Desayunaba de pie un café con *croissant*, leyendo el periódico que tenía abierto sobre la única mesita del local. Siempre estaba ahí, enfrascado en la lectura, y nunca volteaba a verme, de manera que nunca pude verle la cara. Tal vez por eso decidí adelantarme y una mañana salí diez minutos antes que de costumbre, a las cinco y media, y llegué a la panadería al diez para las seis. Para mi sorpresa, ya estaba abierta y el tipo se hallaba adentro, comiendo su *croissant* y leyendo el periódico. Cuando salí, revisé el horario marcado en la puerta, que decía claramente que el expendio abría a las seis. Un letrero alemán, para alguien no alemán, tiene algo de boletín militar y no puede mentir. Si la hora de apertura era a las seis, ¿por qué la panadería ya estaba abierta a las 5:50?

Al otro día me adelanté todavía más y llegué a las cinco y media. De todas mis caminatas fue la que menos disfruté, porque iba casi corriendo. Vi desde lejos la panadería iluminada. Cuando entré, el hombre del *croissant* ya estaba sumergido en su periódico, mientras el panadero trajinaba en lo suyo. Estuve a punto de preguntarle a qué hora abrían realmente, pero mi escaso alemán no daba para aclaraciones o cuestionamientos. En los días siguientes dejé de preocuparme por desbancar al tipo de su lóbrego primer lugar, que tal vez se ganaba a base de un insomnio feroz, e imaginé un cuento en que aquella situación se estiraba hasta el absurdo: la panadería no cerraba nunca y el misterioso cliente estaba ahí, con su *croissant* y leyendo el periódico, como un cuadro de Hopper detenido para siempre.

En efecto, es posible que siga ahí, leyendo su periódico todas las mañanas y en la misma mesa. Después de muchos años sigo preguntándome dónde conseguía el periódico tan temprano, si los expendios no abrían antes de las seis. ¿Leía el periódico del día anterior? Y sólo ahora llego a la conclusión de que probablemente era el dueño de la panadería; por eso era el primero en llegar y siempre llegará primero. ¿Por qué no se me ocurrió antes?

Tal vez si los hechos que cuento hubieran transcurrido a plena luz del día, el hombre no habría pasado de ser una curiosidad, pero en esa hora sigilosa en que una ciudad está a punto de despertar, su presencia en la panadería acabó por simbolizar la situación precaria de quienes escribimos, siempre condenados a tener muchos menos lectores de los que creemos merecer. El hombre era la representación del lector inalcanzable, que nunca iba a ser tocado por mis palabras, porque otras lo absorbían, de seguro más urgentes, más hondas y necesarias que las mías. Nada en mí, ni mi acento extranjero, ni el tono de mi voz, ni mi estilo de hablar, lograron distraerlo un solo instante, y de seguro, si registraba mi presencia, la olvidaba tan pronto como yo salía de la panadería.

*

Durante mi estancia en Berlín, adonde fui para cuidar a mi hermana Karla, no leí un solo libro y, en contra de mi costumbre, caminé muy poco, debido a que los cuidados a mi hermana enferma me tenían todo el día ocupado. No encontraba el tiempo ni las ganas de sumergirme en un libro y tenía que limitarme a leer el periódico, por añadidura del día anterior, porque mis únicos momentos libres eran temprano en la mañana, antes de que Karla despertara, y a esa hora los expendios de periódicos están cerrados. No era algo que me afectara, pues no tengo la costumbre de leer la prensa. Además, más que leer el periódico, me sumergía en él para escapar de la ciudad que me rodeaba, porque aborrezco Berlín, esa ciudad gris y extendida, ruidosa y multitudinaria, donde es imposible caminar. Nunca he entendido por qué Karla, después de la muerte de Moritz, su esposo, quiso quedarse a vivir ahí.

Había una panadería en frente de la casa de Karla. Hacían un pan de mala calidad, como en todas las panaderías de Berlín, pero me quedaba a un paso, cruzaba la calle y ya estaba adentro. Hubiera podido ir en pijama, porque a esa hora no se veía un alma en la calle. Además, puesto que Heinrich, el dueño, era un viejo amigo de Karla (incluso le debía dinero), yo podía bajar a su local antes de las seis, que era la hora de apertura, cuando Uwe, el encargado, y Sabine, su mujer, empezaban recién a acomodar en los anaqueles el pan que les traía una furgoneta. Sabine, tan pronto como me veía cruzar la calle, me preparaba un café con leche y ponía a calentar un croissant en el horno eléctrico. Era yo, en suma, su primer cliente, un cliente anómalo, una especie de amigo de la familia al que atendían antes del horario de apertura. Por esta razón, mientras la frecuenté, la panadería acabó por tener un horario de apertura flexible, ya que, conmigo adentro, Uwe y Sabine dejaban la puerta abierta y cualquiera podía entrar antes de las seis.

Recuerdo a un hombre, a quien nunca le vi la cara, un extranjero, probablemente latinoamericano, que llegaba todas las mañanas antes que nadie y pedía siempre lo mismo, como una cantilena aprendida: «Acht kleine Bröchten». Supe que era hispanohablante porque Uwe, que no tenía simpatía por los extranjeros, un día le hizo una pregunta malévola, únicamente para saber qué tanto alemán entendía el otro: «¿Cómo se saca el volumen de un polígono?». Una pregunta estúpida, al que el otro contestó en español: «¿Perdone?», y Uwe dijo, también en español: «Nada, nada», y le entregó la bolsa con las ocho piezas de pan. Estaba molesto porque el tipo había entrado en la panadería a las 5:50, diez minutos antes de la apertura señalada en el letrero de la puerta, y le dijo a Sabine: «Esos tercermundistas no saben ni siquiera leer los números». Yo rehuí sus miradas, porque sabía que por mi culpa tenían que atender a la clientela antes de las seis. Pero ¿por qué no cerraban la puerta, si eso les molestaba? Le platiqué el episodio a Karla, y ella, que conocía bien a Uwe y a su mujer, me dijo que al cerrar la puerta de la panadería se habría creado entre ellos y yo cierta intimidad; en resumen, se habrían sentido obligados a dirigirme la palabra, así que preferían dejar la puerta abierta y atender a algún cliente despistado antes de la hora de apertura. Le creí, porque así son los berlineses, incapaces de llevar una conversación por el simple gusto de platicar. En mi pueblo, por el contrario… pero no quiero hablar de mi pueblo. Di por buena la explicación de mi hermana y dejé de preocuparme. Sin embargo, a la mañana siguiente el tipo despistado llegó todavía más temprano: a las cinco y media. Acababa de acomodarme en la mesita del rincón, de cara a la pared, cuando escuché a mis espaldas la cantilena aquella: «Acht kleine Bröchten», y hundí la cabeza en el periódico, imaginando la rabia de Uwe. Casi no pude concentrarme en la lectura y dejé sobre la mesa una propina mayor que la acostumbrada. No le dije nada a Karla, pero esa noche apenas pude dormir. Tenía miedo de que al día siguiente el hombre llegara a la panadería todavía más temprano, incluso más temprano que yo, obligando a Uwe y a Sabine a recoger directamente de la furgoneta las ocho piezas de pan que les compraba, un esfuerzo que yo tendría que recompensar dejando una propina todavía mayor que la que había dejado. Ya veía la cara dura de Uwe al verme cruzar la calle y la frialdad de Sabine al servirme mi croissant con café con leche, y estuve a punto de no bajar a la panadería. Pero no tenía otro lugar donde desayunar y, por suerte, el hombre llegó a las seis en punto y de ahí en adelante no volvió a llegar antes de esa hora. Todas las mañanas estaba pendiente de su llegada, y aunque varias veces estuve tentado de girar la cabeza, no lo hice, obedeciendo a no sé qué íntima prohibición.

«Acht kleine Bröchten». Esas palabras, pronunciadas con acento extranjero, ahora que Karla ha muerto y yo he regresado a mi pueblo, acuden a mi mente cuando menos me lo espero. He vuelto a leer libros, a caminar y, como es mi costumbre, no leo ningún periódico. No he de volver nunca más a Berlín. Apenas recuerdo los rostros de Uwe y de Sabine. En realidad nunca los miré a la cara. Siento que en el tiempo en el que viví en Berlín estuve dándole la espalda a todo y a todos, mientras rezaba para que

Karla no muriera, y que lo único que conservo de ese viaje son esas tres palabras pronunciadas por un desconocido.

LA FOGATA

Se acercó con su libro en la mano, pidió permiso para sentarse y los chicos le hicieron sitio junto al fuego.

—¡Qué rico calorcito! —dijo, dejando el libro en la arena y frotándose las manos con satisfacción.

Miró las mochilas que los muchachos habían amontonado a un lado de la fogata. Eran todas de marca, como su ojo experto había detectado esa tarde al verlos descender del autobús.

Pensó que el fuego no iba a durar mucho, porque no habían tenido la precaución de excavar un hoyo para proteger las llamas del viento. Se puso de pie y dijo:

—Voy por leña. —Y se dirigió hacia unas palmeras distantes un centenar de metros, donde la playa formaba un amplio socavón. Había muchas ramas, pero todavía húmedas por la lluvia de esa tarde. Juntó las que estaban más secas, regresó a la fogata y depositó la carga a un lado de las mochilas, porque quería cerciorarse de que no tuvieran cerrojos. No vio ninguno. Empezó a alimentar el fuego con las ramas y pensó que si no conseguía leña más gruesa y más seca, el fuego se extinguiría y los mocosos podrían marcharse. Se acordó de un tronco de eucalipto que había visto cerca de la desembocadura del arroyo. Un tronco sólo se humedece por fuera y, cuidando el fuego, puede durar una noche. Se encaminó hacia el arroyo, el tronco seguía ahí y regresó con los muchachos para decirles que necesitaba que alguien lo ayudara a cargarlo. Empezaron a molestarse entre ellos para ver quien se animaba a ir, y al final todo quedó en empujones y risas y nadie se levantó. Haraganes, pensó, volviendo a ocupar su lugar junto al fuego, y cuando empezaron a lanzarse unos a otros unos trozos de madera, riéndose desaforadamente, procuró reírse con ellos para caerles bien. Fue en ese momento que surgió de la oscuridad una mujer alta y de lentes, de aspecto nórdico. Tenía un cigarro en la mano y se acercó a pedirles fuego.

—¿Quién tiene encendedor? —preguntó uno de los muchachos.

—No hace falta —dijo él, y acercando la punta de una rama al fuego le ofreció la lumbre a la mujer, que se inclinó con el cigarro en la boca y dio varias aspiradas para encenderlo. Le calculó entre cuarenta y cincuenta años, la clásica europea madura que viene en busca de un bronceado y, si hay la posibilidad, de un romance, pero sobre todo huyendo del frío. Ella soltó una bocanada de humo, miró la fogata y dijo con fuerte acento extranjero:

—Se va a apagar.

—Ya no hay madera —dijo uno de los chicos.

—Hay que ir a una de ésas —dijo el que estaba a su lado, señalando unas fogatas que se veían al otro extremo de la playa.

Él, en un último intento de avivar el fuego, puso su libro sobre la arena, desprendió la tapa de cartón y la acercó a las llamas, haciendo brotar una llamarada que los haraganes miraron embelesados. A continuación arrancó la contratapa del libro y la echó a la fogata, junto con unas cuantas páginas. La mujer exclamó: «¿Cómo haces esto? Los libros no se queman» y, tirando su cigarro, se arrodilló junto al fuego, retiró como pudo las hojas que empezaban a arder y sopló sobre ellas para apagar las brasas. Luego, poniéndose de pie, le pidió que le entregara el libro. Él obedeció, impresionado por su arrojo. Con el libro en la mano, alta y espigada, se alejó y fue a sentarse cerca de la orilla del mar. Hubo risas entre los chicos y él pensó que se reían porque había obedecido a la mujer sin chistar. Se puso de pie y caminó hacia ella, que había alineado las hojas chamuscadas sobre la arena y trataba de ponerlas en orden.

—Devuélvame el libro —le dijo.

—Estoy ordenando las hojas.

—No hace falta que las ordene, no pienso leerlo.

—¡Ibas a quemar un libro que ni siquiera has leído! —dijo ella sacudiendo la cabeza.

—Un fuego importa más que un libro —dijo él.

— «¡Un fuego importa más que un libro!» —repitió la mujer, como si le pareciera una frase inhumana—. ¿Crees que es fácil escribir uno?

—Tampoco es fácil prender un fuego que dure toda la noche —exclamó, señalando la fogata, y al girar la cabeza vio que los muchachos estaban recogiendo sus mochilas. Al apagarse el fuego habían perdido el interés en seguir ahí o tal vez estaban aprovechando ese percance para librarse de su compañía, porque habían sospechado algo. Supo que se dirigían al otro extremo de la playa, atraídos por sus fuegos. Aquel era territorio prohibido para él y no podría seguirlos. Los miró marcharse, contestó a su saludo levantando un brazo y a continuación la miró a ella.

—¿Ya ve? Se fueron —dijo.

—¿No son amigos tuyos?

—¿Esos mocosos? No.

Ella juntó las hojas que había ordenado y se las devolvió junto con el libro, pero él no lo quiso tomar.

—Puede quedárselo, así no me sirve —dijo.

—Tú lo echaste al fuego.

—¡Sí, para que esos mocosos no se fueran! Les eché el ojo desde que se bajaron del autobús esta tarde. Puras mochilas de marca. Y cargar un libro siempre ayuda.

—¿Ayuda en qué? —Se había levantado y él la miró, pero en la oscuridad sólo podía ver el reflejo de sus lentes.

—Eres menos lista de lo que crees —le dijo. Al fin y al cabo no era tan vieja como para no poder hablarle de tú—. Lees muchos libros, pero eres menos lista de lo que crees.

Ella hizo el ademán de marcharse, pero él le cerró el paso, pegando casi su cara a la de ella, hasta percibir su aliento. Ella miró en dirección a los chicos que acababan de irse. Estaba asustada, y él se sintió un poco avergonzado, porque la mujer le doblaba la edad, pero ya no podía echarse para atrás y, levantando la voz, le reclamó:

—¡Me estaba haciendo su amigo y tú echaste a perder todo por querer salvar este estúpido libro!

Golpeó su mano sin querer y el libro cayó al suelo. Las hojas chamuscadas se regaron sobre la arena. Ella dudó un momento, luego se arrodilló para recogerlas. La vio estirarse cuan larga era cuando una hoja se le escapó de las manos; de rodillas, fue juntando todas las hojas en su derredor e hizo un manojo que puso entre las páginas del libro para que no se lo llevara el viento.

—Te falta ésa —dijo él, señalando una hoja a sus espaldas. Ella giró la cabeza y agarró la hoja. Tenía la respiración agitada.

—¿Te importa tanto este libro?

—Es un libro —dijo ella—. Toma. —Y extendió el brazo para dárselo.

—Ya te dije que no pienso leerlo.

Una ola grande se deslizó hasta donde estaban ellos, venía con fuerza y tumbó a la mujer de costado, que gritó del susto, sin dejar de sostener el libro, para que no se mojara.

—¡Dámelo! —dijo él, dando dos pasos hacia ella, y sintió que el agua penetraba en sus botas de cuero y las llenaba de arena. Lanzó un ¡carajo! y, con el libro en la mano, se alejó del agua.

—¡Qué ola! —exclamó ella, que seguía de rodillas. Estaba empapada de pies a cabeza y se reía.

Él fue a sentarse donde la arena no estuviera húmeda, puso el libro a un lado y trató de arrancarse las botas. Logró quitarse una con mucho esfuerzo y la volteó para sacar el lodo. Una ráfaga de aire abrió el libro, una de las hojas voló, él se puso de pie y, renqueando con una sola bota puesta, intentó agarrarla. Otra ráfaga dispersó el resto de las hojas, las páginas empezaron a desprenderse una por una, volando en todas las direcciones, y él renunció a perseguirlas.

—Ya se desbarató todo —dijo, y la miró a ella, que no se había movido y se estaba exprimiendo el pelo mojado. Algunas hojas habían terminado su viaje sobre la resaca, que ahora se las llevaba mar adentro.

Él volvió a sentarse en la arena para quitarse la otra bota. Lo intentó, pero no pudo.

—Si esos estúpidos le hubieran echado más ganas, ahora tendríamos un fuego para toda la noche y podría poner a secar las botas —dijo—. ¡Bola de haraganes! No me gusta la gente que no se esfuerza.

—¿En qué te esfuerzas tú? —le preguntó ella—. ¿En robar a mocosos?

—Trabajo en un aserradero, ¿de acuerdo? Lo de los chicos es de vez en cuando, si se presenta la oportunidad. Compré estas botas que me salieron en un ojo de la cara y ahora el agua del mar las va a echar a perder.

Intentó de nuevo quitarse la bota, pero la bota se negó a salir. Se recostó bocarriba, rendido, y pensó que si ella quería escapar, ese era el momento. Él, con esa bota puesta, no podría alcanzarla. No pensaba en absoluto echar a correr tras ella, pero ella no lo sabía y tal vez estaba esperando la ocasión para escabullirse. Sintió que le agarraba el pie, se enderezó y vio que le sujetaba la bota por el tacón.

—¿Qué haces?

—Jala hacia ti.

Obedeció, forcejearon un rato y por fin entre los dos lograron liberar el pie. Se quitó el calcetín y se frotó el pie adolorido. Ella jadeaba por el esfuerzo, y su rostro, que él había registrado someramente, se le grabó de una vez por todas, pese a la oscuridad. Tuvo el impulso de preguntarle cómo se llamaba. En lugar de eso le dijo:

—Hay un tronco de eucalipto. Si me ayudas a cargarlo, podemos encender un fuego para poner a secar mis botas y tu ropa.

—¿Dónde?

—Junto al arroyo —y señaló el lugar a sus espaldas. Puso los calcetines dentro de las botas y se levantó—. ¿Vienes?

Ella se puso de pie y se tocó el short y la playera, que estaban empapados, echó una última mirada a lo que quedaba del libro, recogió sus sandalias y fue atrás de él.

ONCÓLOGO

El viernes que regresó del cumpleaños de Elisa, la jefa del departamento de Rayos X del hospital donde trabajaba, Luis se dio cuenta de que no traía sus llaves. Había tomado mucho y seguramente se le habían caído en un descuido. Eran las dos de la mañana y no había nadie en casa. Natalia, su esposa, había ido a Monterrey a ver a su hermano y su hija estaba de excursión con el colegio. No le quedaba más remedio que despertar a Marilú, su vecina, que vivía en uno de los dos penthouses del edificio. Después de haber perdido en una ocasión sus llaves, Marilú les había pedido a él y a Natalia que le guardaran un juego, por si volvía a suceder, y ellos le habían entregado a su vez una copia de las suyas. Luis dudó un poco antes de marcarle, pero al final se dijo que el acuerdo con ella era para emergencias de ese tipo. Cuando Marilú contestó, él pudo oír, junto con su voz, el sonido de una cumbia, y respiró aliviado al comprobar que estaba despierta. Le dijo que había perdido sus llaves y le pidió una disculpa por molestarla a esa hora. Ella le dijo que había una fiesta en su casa, así que no era ninguna molestia, y accionó el mecanismo del portón.

Conforme subía en el elevador el sonido de la música fue aumentando y cuando llegó al último piso, la puerta del penthouse estaba abierta y pensó que Marilú la había dejado así para que entrara. Sin embargo, prefirió esperarla en el rellano. El amplio departamento estaba casi a oscuras y pudo ver que había gente bailando. Era una fiesta en toda regla, no una simple reunión, y agradeció el hecho de vivir tres pisos abajo y en el ala opuesta del edificio, donde el estrépito de la música no podía alcanzarlo. Al ver que Marilú no se aparecía se animó a entrar y cerró la puerta a sus espaldas. La buscó en aquella semioscuridad, no la vio y salió a la terraza, donde había más gente reunida. Tampoco estaba ahí. Se acercó al barandal y observó el flujo de los coches del Periférico. Era increíble que hubiera todavía tráfico a esa hora. Nunca antes había entrado en el penthouse de Marilú. Su amistad con ella había crecido en el rellano de las escaleras y en encuentros en el elevador.

Regresó a la sala y, como no la vio, dedujo que debía de estar en uno de los cuartos. Se acercó a la barra, la única parte del departamento medianamente iluminada, y pidió una cuba al barman vestido de blanco. Vio un pequeño sofá junto al ventanal de la terraza y fue a sentarse ahí con su vaso. Era un buen sitio, porque podía abarcar al mismo tiempo la terraza y la sala. Observó a los invitados y fue entonces que la vio en un rincón. Bailaba con un hombre alto que le pareció bastante más viejo que ella.

Bailar es un decir. Estaban casi inmóviles, apretados de una manera que no dejaba ninguna duda sobre el tipo de lazo que los unía. La cabeza de Marilú descansaba sobre el pecho del hombre, que le acariciaba el pelo. Se quedó mirándolos, esperando que ella volteara y lo viera. Empezaba a temer que se hubiera olvidado de él. Terminó su cuba y se hizo a la idea de que iba a tener que aguardar un rato antes de conseguir sus llaves. Se levantó para ir por otra y, al pararse, vio la hoja, semioculta entre los dos cojines del asiento del sofá en el que estaba sentado. La tomó para ver de qué se trataba y reconoció el sello de un laboratorio de análisis médicos. Inclinó el papel para que la claridad que provenía de la terraza lo ayudara a leer. Era una biopsia de páncreas. Se fijó que era la segunda hoja; faltaba la primera, con los datos del paciente. Fue directamente a la fracción directa de la bilirrubina. Al ver que el índice estaba con creces fuera de rango, volvió a sentarse y acercó la cara al papel para distinguir la fecha. Era de ese mismo día, y venía la hora: 8:52 de la mañana. Vio que nadie lo miraba, dobló la hoja y se la guardó en el bolsillo exterior del saco. Su corazón latía con fuerza y permaneció un rato sin moverse y con el vaso vacío en la mano. Alguien, quizá uno de los invitados de la fiesta, tenía un cáncer avanzado de páncreas. Buscó con la mirada a Marilú. Seguía en el rincón, abrazada al hombre alto. Tal vez los análisis eran de ella y el otro la estrechaba para consolarla. O, al revés, ella lo consolaba a él.

Se paró, fue a la barra y pidió otra cuba, luego salió a la terraza y se apretó contra el barandal para resguardarse del viento. Observó el flujo de los coches del Periférico. Se había guardado la hoja en el bolsillo sin pensarlo, obedeciendo a un acto reflejo. Ciertos resultados no se dejan a la vista de todos. Ahora la hoja le pesaba. Pensó tirarla desde la terraza, después de comprimirla dentro del bolsillo como una pelota, pero desechó la idea, porque era probable que su dueño la estuviera buscando. Miró a la gente a su alrededor. Los que no bailaban, platicaban a gusto y nadie parecía tener el aspecto de quien acaba de recibir la noticia de que le quedan unos pocos meses de vida. Un tumor avanzado de páncreas puede producir un color amarillento en la piel y en el blanco de los ojos, pero habría necesitado más luz para reconocer esos signos en la gente que lo rodeaba.

Sintió algo de frío, volvió a la sala y miró en dirección a Marilú. Ella y el hombre alto seguían pegados como antes y apenas se movían. No podía pedirle sus llaves mientras estuvieran abrazados así. Cuando por fin pudiera hacerlo, la llevaría aparte y le enseñaría la hoja que había encontrado en el sofá. Se imaginó a Marilú decirle en voz baja: «Sí, Luis, son mis análisis, justamente los saqué para enseñártelos».

Vio que la pareja que ocupaba el sofá se había levantado para bailar y regresó a sentarse ahí. Pensó que lo mejor sería dejar la hoja donde la había encontrado. Sintió un leve mareo y apoyó la cabeza en el respaldo. Temió que alguna mujer se acercara a pedirle que bailara. No le gustaba bailar y, sobre todo, odiaba la salsa. Cerró los ojos y poco después alguien le tocó el hombro. Una mujer alta lo miraba y le preguntó algo que no entendió.

—No, gracias, prefiero no bailar —dijo Luis.

—Yo tampoco. ¿Te puedes parar un momento, por favor?

Se paró. La mujer levantó el cojín del sofá, echó un vistazo y levantó el otro cojín. Luis le preguntó si había perdido algo.

—Sí, pero tal vez no fue aquí —dijo ella, poniendo los cojines en su sitio; se disculpó y le pidió que volviera a sentarse, después se sentó a su vez, apretándose la bolsa contra el pecho, y él pensó que era la única mujer en la fiesta que cargaba su bolsa, como si estuviera a punto de largarse.

—¿Es algo importante? —le preguntó.

—Sí —contestó la mujer.

La miró a los ojos. No estaban amarillentos y su piel se veía lozana; pero no era un indicio determinante y hubiera necesitado más luz para estar seguro. Sacó la hoja del bolsillo:

—¿Es esto lo que buscas?

Ella tomó la hoja, la miró y dijo:

—Sí, ¿dónde la encontraste?

—Aquí. —Señaló el sofá donde estaban sentados. La mujer le dio las gracias y abrió su bolsa para guardar el papel.

—Soy oncólogo —dijo Luis, como para justificar que se hubiera metido la hoja en el bolsillo, y ella giró bruscamente la cabeza para mirarlo—. Es un carcinoma y no se dejan unos análisis así sobre un sofá, en una fiesta, como si nada. Por eso me los guardé.

—Te comprendo —dijo ella.

Él tomó un trago de su cuba y formuló la pregunta con voz insegura:

—¿Son tuyos?

—¿Los análisis? —dijo ella.

—Sí.

—No, de una amiga.

—¿Y ya los vio su médico?

—¿Perdón?

—Si ya los vio el médico de tu amiga.

—Yo soy su médico —dijo ella.

—Ah, somos colegas —exclamó aliviado, y tomó otro trago de su cuba.

—Internista —aclaró ella—. Pero en este caso tu opinión es la que cuenta. —Y lo miró, como esperando su dictamen. Luis tomó el último trago de su cuba.

—Es un carcinoma en estadio tres, el más avanzado —dijo.

Ella asintió despacio y miró el suelo. Volvió a mirarlo para preguntarle:

—¿Le pondrías un plazo?

—Un año, a lo mucho. ¿Qué edad tiene?

—¿Quién?

—Tu amiga.

—Mi edad.

Él la observó y volvió a fijarse en su piel y en sus ojos. Estaba demasiado oscuro para ver. Sacó su paquete de cigarros y le ofreció uno. Ella hizo un gesto de rechazo y él volvió a guardarse el paquete. Se le había ocurrido que podría observar de cerca sus ojos cuando acercara la llama del encendedor.

—¿Eres amiga de Marilú? —le preguntó.

—No, soy amiga de la vecina de junto. Vine a verla, pero no estaba. —Se pasó una mano por el pelo y dudó un momento antes de añadir—: Cuando vi la puerta abierta y escuché la música, pensé que podría estar aquí y me animé a entrar, pero no está. No conozco a nadie, ni siquiera a la dueña de la casa.

—¿Es la amiga que …? —Luis señaló la hoja de los análisis que ella acababa de guardar en su bolsa.

—Sí —contestó la mujer.

—Yo también soy una especie de colado —dijo él—. No conozco a nadie, excepto a Marilú.

—¿Podrías traerme una cuba? —dijo ella.

—Claro —se puso de pie—. Así me sirvo otra.

Caminó hasta la barra y pidió dos cubas. Mientras el barman las preparaba no pudo evitar fijarse en el color de sus ojos y de su piel.

Cuando regresó al sofá ella no estaba. No la vio entre los que estaban bailando y salió a la terraza sosteniendo los dos vasos. También ahí habían empezado a bailar. Se movió con cuidado para no derramar el líquido. Tal vez había ido al baño. Regresó al sofá a esperarla, pero la pareja de antes había vuelto a ocuparlo, buscó un lugar donde apoyar la cuba de la mujer, regresó a la barra y dejó la bebida sobre ésta.

—¿Está mal la cuba? —le preguntó el barman.

—No, no encuentro a la persona que me la pidió. —Y le preguntó si no había visto a una mujer alta y de mediana edad salir del departamento.

—No me fijé —contestó el hombre.

Hizo otro intento de buscarla entre los que bailaban y se dio cuenta de que apenas recordaba su rostro. La había mirado todo el tiempo de perfil y se había fijado en sus ojos, pero no en su cara. No habría podido decir si era una mujer hermosa. Dio otra vuelta por la terraza y se asomó al barandal. El Periférico estaba casi vacío. Miró un auto blanco estacionado en la calle, que acababa de prender el motor y las luces, listo para arrancar. Estaba mal alineado, como si su dueño lo hubiera estacionado con la intención de demorarse el menor tiempo posible. Juró que era ella. El auto arrancó y se fue alejando, hasta que lo perdió de vista. Pensó que si de verdad había ido a casa de su amiga para mostrarle los resultados de los análisis, como le había dicho, no se habría estacionado de ese modo. Le había mentido. Estaba en esa fiesta para mostrarle los análisis a su médico, que la había citado ahí porque ella no quería esperar hasta el lunes para conocer los resultados de la biopsia. Lo había esperado en esa casa desconocida, tal vez inútilmente y, a punto de irse, se había dado cuenta de haber perdido la hoja con los resultados. Al enterarse de que él era oncólogo, le había dicho que también era médico, para que él no supusiera que los análisis eran suyos.

Giró la cabeza. Alguien le había tocado el hombro. Marilú lo miraba con una sonrisa burlona, haciendo oscilar sus llaves frente a su cara. Sus ojos no estaban amarillentos y su piel se veía normal; pero no era un indicio determinante.

—Te las doy con una condición —le dijo ella. Se veía tomada, aunque lo disimulaba bien. Él pensó que le iba a pedir que le devolviera la hoja de los análisis, porque alguien lo había visto guardársela en el bolsillo del saco.

—¿Cuál? —le preguntó.

—Que bailes conmigo. —Y empezó a contonearse al ritmo de la música.

Luis apoyó su cuba sobre el barandal, dispuesto a complacerla, con tal de que le entregara las llaves. Pero antes de eso le preguntó quién vivía en el departamento de junto.

—Nadie, lleva un año vacío.

Él abrió la boca y se quedó mirándola.

—¿Por qué? ¿Pasa algo? —le preguntó la dueña de la casa.

—No —contestó mecánicamente.

Marilú volvió a mostrarle las llaves en son de burla y él empezó a moverse, a pesar de que odiaba la salsa.

EL BALCÓN

Josué, su primo de cuatro años, corría por el largo balcón en uno de cuyos extremos él lo esperaba con los brazos abiertos para estrecharlo contra su pecho. El pequeño se soltaba con regocijo del abrazo y regresaba al final del balcón para repetir la carrera. De pronto, en el momento en que su primo extendió sus bracitos, él se hizo a un lado para jugarle una broma, el pequeño no pudo detenerse y se golpeó la cara contra los barrotes del barandal. No gritó en seguida, sino después de unos segundos, y su madre, que estaba en la cocina, salió a ver qué pasaba. La frente se había encajado entre los barrotes y ella la retiró delicadamente para no lastimarlo. Él, asustado por lo que había hecho, no dijo nada y su tía no le hizo ninguna pregunta, ni siquiera lo miró, como si hubiera adivinado todo; cargó en brazos a su hijo y se metió de vuelta a la cocina, dejándolo solo en el balcón. Unos vecinos que se habían asomado a sus ventanas al oír los alaridos del pequeño, ahora lo observaban, quizá sospechando lo que había ocurrido.

De ahí a poco su tía, que acababa de enviudar, se mudó a la provincia, y él dejó de verlos. Muchos años después, luego de que sus padres murieran a breve distancia uno de otro, viajó a México, atraído por sus playas y las ruinas mayas. El viaje se transformó en una estancia de estudio y ésta en un empleo que a pesar de estar mal pagado le permitió viajar a lo largo y ancho del país. Cuando le ofrecieron un cargo de responsabilidad en una pequeña compañía de perfiles de aluminio, con la posibilidad de convertirse en socio, ya llevaba siete años en México y empezó a dudar seriamente que volvería a su país.

La noticia de la muerte de su tía, que le comunicó Josué en un correo escueto, lo hizo sentirse aún más desvinculado de su tierra. Fue a partir de ahí que empezó a recordar lo ocurrido esa mañana. Veía la cabecita de su primo encajada en el barandal del balcón, y el pensamiento de que pudo haber penetrado entre los barrotes por el impulso de la carrera, arrastrando el cuerpo en una caída de siete pisos, le helaba la sangre y a veces lo despertaba de noche.

Un día, comiendo con dos amigos, y sin que viniera al caso, sacó a colación ese incidente. Lo contó de manera atropellada, omitiendo muchos detalles, y cuando terminó, sus amigos asintieron distraídamente y regresaron al asunto del que venían hablando. Esa indiferencia lo lastimó y por primera vez desde que vivía en México se preguntó si no había llegado el momento de regresar a su país. Sin embargo, uno de ellos lo llamó esa noche para decirle que sabía muy bien cómo se sentía, porque a veces él también se despertaba de noche, hostigado por el recuerdo de alguna vileza cometida en el pasado. Lo ocurrido con su primo, añadió, era terrible, pero no debía vivir abrumado por la culpa. Él agradeció su llamada y se despidieron. Sin embargo, después de colgar, tuvo la sensación de que habían hablado de dos hechos distintos. Su amigo había usado el adjetivo «terrible», y se preguntó qué idea se había hecho de todo aquello. ¿Creía que Josué se había caído del balcón? Marcó su número para aclarar las cosas, pero el teléfono estaba ocupado; lo intentó de nuevo, inútilmente, y cuando levantó el auricular por tercera vez, dudó si marcar o no. Por fin, no lo hizo, y pensó que todo lo que necesitaba era dejar crecer esa historia. Lejos de su país, ¿quién iba a desmentirlo? Su decisión de radicar en el extranjero cobraría, ante los ojos de aquellos que lo conocían, un nuevo significado. Sobre todo Silvia, a quien no veía desde que se habían dejado, cuando se enterara de ese suceso infausto de su adolescencia, lo vería a él bajo otra luz.

A partir de ese día tenía la sensación de que en las reuniones y comidas a las que asistía, la atención de todos se centraba en él y que un silencio expectante lo rodeaba cuando abría la boca. ¿Se había corrido aquel rumor entre sus conocidos? No hizo nada para averiguarlo, conformándose con el tono cauto con que le parecía que sus amigos y colegas le dirigían ahora la palabra. Se sintió otra vez rodeado de un aura, la misma que a su llegada a México le había valido su condición de extranjero y que, conforme se había integrado a la vida local, se había ido apagando. Sin embargo, aquel recuerdo no dejaba de asaltarlo donde sea que se encontrara. Apretaba los puños y la mandíbula en el cine, en su cama o en medio de una reunión de trabajo. Ahora como nunca lamentaba la muerte de su tía. Era la única persona que hubiera podido ofrecerle su visión de aquel suceso, y también la única que pudo haberlo perdonado. No podía quitarse de la cabeza su reacción en el balcón: ni una pregunta, ni una palabra de reproche, ni siquiera una mirada. Sentía que con su mutismo ella le había expresado su desprecio, y esa era la parte más dolorosa de aquel recuerdo.

Entonces, una mañana, mientras se preparaba un café, se le ocurrió escribirle a Josué para invitarlo a México. En el mismo correo en el que le había comunicado la muerte de su madre, su primo le había informado de su reciente divorcio, y pensó que sería un buen gesto de su parte ofrecerle su casa en un momento tan difícil.

Se preguntó si recordaría el accidente del balcón. Era probable que no, a menos que su madre se lo hubiera recordado. Tal vez, invitándolo, aquel episodio cobraría su justa dimensión y dejaría de obsesionarlo.

Le escribió esa misma tarde y Josué le contestó de inmediato. No conocía México y, después del fracaso de su matrimonio, le vendrían bien unas vacaciones. Él tenía un recuerdo borroso del niño adorable con quien había jugado tantas tardes de su adolescencia y sintió curiosidad de ver en qué clase de persona se había convertido el único verdadero pariente que le quedaba. Cuando fue a recibirlo al aeropuerto se reconocieron sin dificultad. ¡Bendita intimidad de la sangre! El abrazo efusivo de Josué derritió sus temores y, durante el recorrido en auto del aeropuerto a la casa, todo lo ocurrido en el balcón le pareció un episodio insignificante, del cual podía jurar que su primo no recordaba nada. Sin embargo, en un momento en que Josué se pasó la mano por el pelo, notó una cicatriz en su frente. Se mordió el labio y le preguntó qué le había pasado.

—Ni siquiera me acordaba que la tenía —contestó Josué, tocándose la cicatriz.

—¿No te acuerdas cómo te la hiciste?

—No, ¿por qué?

—Por nada, me llamó la atención.

No lo presentó en seguida a sus amigos. Antes, quiso enseñarle la capital. Desde hacía tiempo no incursionaba fuera de los dos o tres barrios confortables que eran su territorio seguro, y descubrió cuán profundamente desconocía el resto de la ciudad. Siempre se había jactado de no tener los remilgos y prejuicios de los extranjeros que radicaban en ella, pero ahora, frente a tantos cambios que advertía, le pareció que la realidad de aquel país se le había escapado y volvió a sentirse un extraño como el día de su llegada, cosa que procuró ocultar a su primo, porque deseaba mostrarle que había conseguido hacer de aquel entorno su nueva patria.

Se enteró en esos paseos de lo mucho que lo había querido su tía.

—Siempre fuiste su adoración, primo. Hablaba más de ti que de mi padre —le dijo Josué.

—Pero se habrá quejado alguna vez por algo que hice, ¿no?

—¿Quejarse? ¡Dios, sólo te alababa! Tu primo Bernardo para esto y tu primo Bernardo para aquello. Ya me conocía el sonsonete, y cuando empezaba, ni siquiera la oía.

Estuvo tentado de mencionarle el incidente del balcón, pero no lo hizo por temor a causar en su primo la misma reacción de indiferencia de sus dos amigos en el restaurante. Bastaba su presencia para reducir aquel suceso a un hecho sin importancia y se sentía tan bien en su compañía, que le propuso quedarse un poco más de los diez días que había programado.

—Vine casi sin nada, primo, apenas tres mudas de ropa —dijo Josué.

—Tengo ropa de sobra y somos de la misma talla, no tendrás que comprarte ni un calcetín.

Josué se dejó convencer. Recién salido de su divorcio, sin ataduras de lugar, ya que su oficio de traductor le permitía trabajar en casa, aceptó quedarse todo un mes. Él organizó una reunión para presentarlo a sus amigos, y Josué, joven, amable y apuesto, les cayó simpático a todos. Empezaron a salir juntos, y a él le pareció que, ahora que Josué lo acompañaba, la gente lo invitaba más que antes. Cuando poco después le dijo que una auditoría de su negocio lo mantendría completamente absorbido durante dos semanas, Josué no tuvo el menor empacho para salir por su cuenta. Ya se movía libremente en su círculo de amistades, como si lo conocieran desde siempre. ¡El encanto de la juventud!, se dijo, sin dejar de sentirse un poco celoso.

Temía que llegara a oídos de su primo aquel abominable rumor que había dejado correr en un instante de ofuscamiento. Había preparado un discurso para convencerlo de que habían tergiversado sus palabras. Sin embargo, Josué jamás le mencionó nada de aquello. Concluyó que nunca había habido tal rumor; todo había sido una fantasía suya basada en simples gestos y miradas. Probablemente, se dijo, el amigo aquel que había calificado el suceso de terrible, ya no se acordaba de él; tal vez lo había olvidado en el momento mismo de colgar el teléfono, y volvió a sentir que ese era el destino de los extranjeros en ese país: o los rodeaba un aura luminosa o una de indiferencia, sin términos medios, y se preguntó cuál era la suya.

Cuando se enteró de que Silvia había regresado de su viaje a Estados Unidos, fantaseó sobre un encuentro entre ella y su primo, y se preguntó si no era por eso que había invitado a Josué a México: para que Silvia y él se conocieran, o mejor dicho, para que todos sus amigos —pero Silvia, sobre todo— pudieran a través de su primo verlo a él de un modo más cabal, tal como era, con esa diafanidad que sólo aporta la presencia de un pariente cercano.

La ocasión llegó cuando una amiga organizó una cena a la que supo que estaba invitada Silvia; fingió enfermarse del estómago y, como ya se había hecho costumbre, le pidió a Josué que fuera en su lugar. Esa noche, acostado en la cama, esperó el regreso de su primo como una madre aprensiva. Conforme pasaban las horas, puesto que Josué no volvía, lo asaltaron los celos. Veía a Silvia acorralarlo en un rincón para hacerle plática, ofrecerse a acompañarlo en su coche después de la cena y luego invitarlo a su departamento a tomar una copa. En la madrugada se abrió la puerta del departamento y oyó entrar a su primo, acompañado de una mujer. Se levantó y se acercó a la puerta para oír. El corazón le latía con fuerza, escuchó que hablaban en voz baja y no pudo reconocer la voz de ella. Se preguntó si Silvia sería capaz de humillarlo así, acostándose con su primo en su propia casa. Oyó que cerraban la puerta del cuarto de Josué y marcó en el celular el número de la casa de Silvia. Le respondió ella con voz somnolienta. Colgó aliviado y regresó a la cama.

Al otro día salió de casa temprano para evitar encontrarse con Josué y su amiga. Esa tarde, de vuelta de la oficina, su primo le preguntó si no lo había despertado en la noche.

—No, ¿por qué?

—Hice algo de ruido. No estaba solo.

—¿Con quién estabas?

—Con Lucero.

—¿La prima de Silvia Agamben?

—Sí. Me trajo en su coche después de la cena y se quedó a dormir. No volverá a pasar, primo.

—Caray, Josué, no soy tan ñoño como piensas.

—No, no me entiendes, es que me voy a ir. Hoy en la mañana compré el boleto de regreso. Salgo el miércoles.

—¿Estás bromeando?

—No, ya te di mucha lata. Vine por diez días y casi llevo dos meses.

—¡No me has dado la menor lata, Josué! Al contrario.

—La he pasado estupendo, pero es hora de irme. —Estaban tomando whisky, Josué tomó un trago de su vaso y agregó—: Tiene que ver también con Lucero.

—¿Has estado saliendo con ella?

—Sí.

—¿Por qué no me lo dijiste?

—Me contó de lo tuyo con Silvia, y como tú nunca me dijiste nada, pensé que no querías que yo lo supiera, así que preferí no decirte que estaba saliendo con su prima.

Pensó que Josué había preparado esa frase, tan pulcra le había salido.

—La verdad nunca quise ocultarte lo de Silvia —le dijo. Simplemente no es algo de lo que me gusta hablar.

—Lo sé.

—¿Qué es lo que sabes?

—Que acabó mal la cosa entre ustedes, primo.

—¿Te lo dijo Lucero?

—Un poco ella y un poco Silvia.

—¿Cuándo hablaste con Silvia?

—Ayer. —Josué tomó un trago de whisky—. Lucero se estaba bañando y Silvia me habló de ti.

—¿Qué te dijo?

—Que eres el hombre que más ha querido en su vida.

—Pero ahora me odia.

—No te odia, pero dice que eres incapaz de amar.

Sintió una desolación inundarle las entrañas. Dio un sorbo a su whisky para disimularlo y su primo continuó:

—Me dijo que tienes miedo de herir, de hacer de repente algo indebido o monstruoso, y que por eso prefieres no querer a nadie.

Se preguntó si ella había utilizado las palabras «indebido» y «monstruoso», o eran hechura de su primo.

—Creía que me odiaba —dijo, y añadió—: He sido un estúpido.

—¿Quién no lo es?

—Quédate, no tengas miedo de querer a Lucero, no te vayas a arrepentir como yo.

—No, me conozco —dijo Josué—. Arranco corriendo y todo me parece maravilloso; luego, de golpe, siento un vacío, como si alguien me quitara el tapete de abajo de los pies o me estrellara contra algo.

Miró a su primo. Tuvo la seguridad de que no recordaba nada de aquella lejana mañana en la que había traicionado su confianza, retirándose en el momento en que él había extendido sus manos para abrazarlo. Se preguntó si esa broma lo había vuelto un animal arisco, temeroso del menor golpe que pudiera herirlo. No, era absurdo que toda una vida dependiera de un percance tan banal. El hombre a su lado tenía que ver muy poco con el niño de aquella mañana remota. Por eso era absurdo pedirle perdón; sólo el niño aquel podía perdonarlo; de hecho, lo había perdonado; recordaba que después de que su madre le había frotado alcohol en la frente, habían vuelto a jugar en la habitación de Josué, como si nada. Su error había sido creer que el perdón de un niño no cuenta y tal vez la desmesurada importancia que había atribuido a aquel accidente se debía a esa equivocación. Su primo dijo:

—He vivido estos dos meses como un embajador tuyo. Bernardo por acá y Bernardo por allá. ¡Qué alivio escuchar de Silvia que no eres un ser perfecto!

Lo miró sorprendido, porque era la primera vez que percibía un tono de rencor en su primo.

—Lamento que te hayas sentido así. —Y al ver que el vaso de Josué estaba vacío, se levantó—: Te sirvo otro. —Le quitó el vaso y fue al bar a llenarlo.

—No me hagas caso —dijo Josué.

—No, tienes razón, te abandoné un poco, pero te prometo que estaremos juntos como al principio. —Le entregó su vaso de whisky.

—No tienes nada que reprocharte. Me has presentado a todos tus amigos y gracias a eso la he pasado de maravilla en estos dos meses.

—No, me he aprovechado de ti para distanciarme de todos. Cada tanto necesito ausentarme, cortar todos los vínculos, y tú me viniste como anillo al dedo.

—Tenías que atender la auditoría.

Miró a su primo y dio un trago a su whisky.

—No hubo tal auditoría —dijo. Se formó un silencio y oyeron las primeras gotas de lluvia contra los vidrios—. Te mentí. —Se paró para servirse otro whisky y regresó a sentarse. Josué miraba el tapete y el silencio se prolongó, mientras afuera la lluvia aumentaba de intensidad.

—¿Para eso me invitaste a México? ¿Para que pudieras romper tus vínculos? —preguntó su primo.

—No, Josué. Me entristeció mucho la muerte de tu madre. La quise mucho. Por eso quería verte. Y tu compañía me ha llenado de alegría. Y al ver lo bien que te movías entre mis amigos, me di el gusto de descansar de ellos, gracias a ti.

—Porque actué como tu sustituto —dijo Josué.

—Sí, en cierto modo.

—Así me sentí anoche con Lucero. Sentí que me miraba no como a Josué, sino como al primo de Bernardo. Como una mala copia tuya. ¿Sabes que estuvo enamorada de ti?

—No, no lo sabía. ¿Cuándo?

—Cuando tú andabas con Silvia e ibas todos los días a su casa. Me dijo que jamás te diste cuenta. Tampoco Silvia lo sabe. Siento que así como me miró ella anoche, me han mirado todos.

—¿Por eso te quieres ir?

Josué no contestó y volvió a mirar el tapete. Bernardo se paró con el deseo de abrazarlo, pero se contuvo, porque temió que lo rechazara. Fue hasta la ventana y miró la lluvia. Josué se paró, lo alcanzó junto a la ventana y, dando un trago a su whisky, le dijo:

—A lo mejor vine a pagar una deuda que tengo contigo.

—¿Qué deuda?

—Una mala pasada que te hice de niño. Es de los pocos recuerdos que tengo de ti.

—¿Y qué fue?

—Seguramente no te acuerdas. Estábamos jugando en el balcón de mi casa, yo corría para atraparte y tú tenías que escapar. No lograba agarrarte porque te movías rápido, a pesar de que estabas arrodillado. ¿No te acuerdas?

—No, no me acuerdo. Sigue —dijo él, intentando disimular su ansiedad.

—Me engañaste una vez más, amagando que te ibas a un lado; te fuiste para el otro y yo me seguí de frente hasta el barandal del balcón. Me agarré del barandal y me eché a llorar. Salió mi madre a ver qué pasaba, vio que tenía la cara pegada a los barrotes y creyó que me había golpeado, me preguntó dónde y yo me señalé la cabeza. Estaba furioso contigo, lloraba como si de verdad me hubiera estrellado contra el barandal, y tal vez llegué a creérmelo. Mi madre me llevó a mi cuarto y me pasó alcohol en la frente. Luego llegaste tú, me acuerdo todavía de tu cara.

Estabas desolado, ni siquiera te atrevías a tocarme. Me di cuenta de que los había engañado a los dos, y cuando te fuiste, no tuve el valor de decirle a mi madre la verdad. Fue mi primera gran mentira. Tenía celos de ti, y esa fue mi manera de vengarme.

—¿Celos de mí?

—¿Qué tiene de raro? Los niños a esa edad sienten celos de sus hermanitos, ¿por qué no van a tener celos de sus primos mayores? Mi madre te adoraba.

Se preguntó si también ante su madre Josué se había sentido una mala copia de él.

—¿Nunca se lo contaste a tu madre? —le preguntó.

—No.

Miró a su primo con fijeza.

—¿Qué me miras? —preguntó Josué.

—Tu cicatriz aquí. —Y le señaló la frente.

Josué se llevó una mano a la frente, buscando la cicatriz que él le había señalado en el auto, el día de su llegada. Se la tocó con el dedo, y él le dijo:

—Recuerdo todo, Josué. Me quité adrede. Esa cicatriz es por el golpe que te diste ese día.

—¿Te quitaste?

—Sí.

—¿Quieres decir que me estrellé en serio?

—Sí.

—¿Estás seguro?

—Ya no estoy seguro de nada. ¿Y tú? ¿Estás seguro de que las cosas pasaron como me las contaste?

—No, fue hace demasiado tiempo.

—Entonces nunca sabremos qué ocurrió.

—Pero, ¿por qué te quitaste?

—Por celos.

—¿Celos de mí? —dijo Josué.

—¿Qué tiene de extraño? Uno tiene celos de sus hermanitos, ¿por qué no los va a tener de sus primos pequeños? Yo adoraba a tu madre. —Y luego de tantos años le pareció comprender por qué su tía, cuando salió al balcón para ver qué había pasado, no le preguntó nada, no le hizo el menor reproche, ni siquiera lo miró a los ojos y a los pocos meses se mudó de ciudad con su hijo.

THE NEXT STOP

No hay nada peor que una historia extraordinaria en boca de un narrador mediocre, y eso era Eduviges, el ayudante del señor Ramiro, que vino a arreglarme el calentador porque el señor Ramiro estaba enfermo. Mientras luchaba con el mecanismo de encendido, me contó el viaje de su patrón a Londres en el verano de este año. Contar es un decir, porque se interrumpía a cada rato para darme alguna explicación sobre el termostato y el regulador de intensidad del boiler, y yo estuve a punto de tirar la toalla varias veces, fingiendo que le prestaba atención, pero entonces él salía con un episodio o una observación que volvían a engancharme a la historia, y yo, irritado con él y conmigo mismo, le preguntaba sobre algún punto que no había entendido.

De la confusa pedacería de su relato saqué en claro que el señor Ramiro pidió prestado a amigos y parientes para comprar el pasaje a Londres. Los gastos para el funeral de su esposa, fallecida unos meses atrás, lo habían dejado sin ahorros, y parte del sentido de viajar a Londres en busca de su hija Esperanza era comunicarle el deceso de su madre. No la veía desde hacía tres años y durante el último año no había tenido ninguna noticia de ella, pues al parecer la relación de los padres con su hija nunca había sido buena. Eso, al menos, fue lo que deduje del atropellado discurso de Eduviges. Esperanza había estudiado inglés con un perfeccionismo maniático, la mira puesta en dejar México y su casa, donde se sentía ahogar por un padre autoritario y una madre perpetuamente enferma.

Carente del menor conocimiento de la lengua inglesa, el señor Ramiro se hospedó en uno de los tantos hotelitos que hay en las inmediaciones de la estación de trenes de King's Cross, donde contaba a cada rato su dinero, porque era la primera vez que tenía que habérselas con una moneda extranjera. Desconfiaba de todo y de todos. Le habían informado mal al decirle que Londres era frío; en julio hacía más calor que en el DF. Había comprado para el viaje una chamarra de cuero con forro de lana, y como no la dejaba en su hotel por temor a que se la robaran, la traía puesta todo el tiempo. En los parques veía que los ingleses se sentaban en la hierba, pero él siempre escogía una banca, y allí, al mediodía, sacaba de su bolsa de plástico, que traía impreso el escudo del Atlante, los dos sándwiches de queso que representaban su único almuerzo de la jornada, y tampoco en esos momentos se quitaba la chamarra.

En la embajada de México le proporcionaron el único dato que poseían de su hija: había sido contratada dos años atrás como intendente de limpieza por el TFL, el sistema de transporte público de la ciudad. Averiguaron, sin embargo, que el nombre de Esperanza Gutiérrez no aparecía en las nóminas de la empresa, señal de que ya no trabajaba allí, y le aconsejaron que se apersonara en las distintas agencias del TFL diseminadas en el radio urbano. Le dieron una lista de todas ellas y le regalaron un mapa de Londres y una *Oyster Card*, la tarjeta para acceder a los autobuses y al metro, y le explicaron cómo usarla. Él optó por ir caminando de una agencia a otra, pues supongo que era así como se había imaginado su estancia en Londres: un largo trayecto a pie en busca de su hija. Lo puedo ver enfundado en su chamarra forrada de lana, indiferente al calor, sin permitirse el menor gesto de confort, como si ello significara alguna concesión que luego la ciudad podría cobrarle y, por lo mismo, quizá tampoco lloró cuando encontró por fin la oficina del TFL donde había trabajado Esperanza, al principio como intendente de limpieza y luego como recepcionista, y se enteró de que había muerto atropellada un año atrás, al cruzar la calle. No sé cómo le comunicaron la noticia, en qué idioma lo hicieron, si le acercaron una silla o le trajeron un vaso de agua, y si él captó en seguida de qué se trataba o tuvieron que explicárselo varias veces. Cuando le pregunté esas cosas a Eduviges, no me supo contestar. Yo di por terminada la historia, pronuncié algunas palabras para mostrar mi pesar ante aquel desgraciado desenlace, y me disponía a salir de la cocina, cuando él dijo: «Entonces un tipo fue a buscarlo al otro día al hotel».

159

Giré la cabeza, porque Eduviges no había utilizado hasta ese momento la palabra «entonces», y ese pequeño brillo narrativo me detuvo. «¿Qué tipo?», le pregunté, pero él, en lugar de contestarme, me preguntó si no tenía un desarmador de punta de cruz, porque había olvidado traer el suyo. Fui por el desarmador, se lo di y, sin poder ocultar el interés que su frase me había despertado, volví a preguntar: «¿Qué tipo fue a buscarlo?». Se tomó un tiempo para contestar: «Verá, era un colega de Esperanza». Dio unos cuantos giros al desarmador hasta sacar el tornillo, revisó la rosca y después de informarme que había que cambiarlo, lo tiró al bote de la basura y me preguntó: «¿En qué iba?». Me negué a contestarle y él debió de comprender que se estaba pasando de gracioso, porque dijo: «¡Ah, sí! Un colega de su hija fue a verlo al hotel, como le decía». Pero volvió a distraerse para mostrarme un tornillo que sacó de su caja de herramientas, idéntico al que acababa de tirar. «Es el último que me queda de este tamaño», dijo, y yo lo detesté y comprendí que es posible odiar a alguien por no saber contar una historia como Dios manda. Cruzamos una mirada en la que afloró la mutua aversión que se había instalado entre nosotros. Por fin, el tren volvió a arrancar y me dijo que el colega de la hija del señor Ramiro no hablaba español, así que la comunicación entre ambos fue ardua. Dijo así, «ardua», mostrándome que su léxico no era tan raquítico. El hombre le explicó al señor Ramiro que la oficina del TFL no estaba obligada a costear una ceremonia fúnebre para su hija, por lo que se había procedido a la cremación y las cenizas habían ido a parar a uno de los cementerios municipales de la ciudad, cuya dirección le traía. Pero no era sólo para eso que había ido a buscarlo, sino para informarle que podía oír la voz de su hija en la mayoría de los autobuses de Londres. Eduviges se calló en ese punto y se palpó los bolsillos de su chaleco, como buscando algo que se le hubiera caído. Se estaba haciendo otra vez el petulante, al ver que yo pendía de sus labios. Le pregunté lo más calmadamente que pude cómo era eso de que se podía oír la voz de Esperanza en la mayoría de los autobuses de Londres. Por toda respuesta me preguntó si yo había estado en esa ciudad. Le dije que sí. «¿Y se subió a un autobús?». Contesté afirmativamente. Entonces comprendí. Recordé que una voz de mujer anunciaba en los autobuses los nombres de las paradas, junto con el destino final. Se podía escuchar un mensaje como éste: «This is a number 5 bus to King's Cross. The next stop: Euston». Até cabos. La hija del señor Ramiro había trabajado en una de las oficinas del TFL. La voz que se oía en algunas rutas de autobuses era la suya. Seguramente tenía una voz bonita, teñida de un suave acento latino, y por eso la habían escogido para grabar los nombres de las paradas. El colega de Esperanza le pidió al señor Ramiro que salieran del hotel y lo llevó a tomar un autobús en la parada más cercana, me explicó Eduviges. Me los imaginé a los dos sentados en el piso de arriba. En el momento en que se escuchó la grabación que anunciaba la siguiente parada, el hombre debió de señalarle al señor Ramiro las bocinas del techo, exclamando: «¡La voz, la voz! ¡Tu hija! ¡*Listen*, la voz de tu hija!».

¿Cuánto tiempo tardó el señor Ramiro en reconocerla? ¿Fue de inmediato o necesitó oírla varias veces para estar seguro? Habría sido inútil preguntárselo a Eduviges, porque ese es el tipo de detalles que un mal narrador pasa por alto. Y me pregunto cómo reaccionó el señor Ramiro cuando ya no le cupo la menor duda de que era la voz de Esperanza. Creo que no sintió agradecimiento, ni asombro, ni alegría, sino un dolor agudo. Lo veo apretar con fuerza el respaldo del asiento de adelante para no romper a llorar, preguntándose si para eso había venido a Londres, para escuchar a su hija muerta pronunciar los nombres de las paradas de los autobuses de aquella ciudad incomprensible.

Se pasaba todos los días en los autobuses, me dijo Eduviges. Escogía siempre el piso de arriba, donde era más fácil encontrar un asiento desocupado. No se conformó con oír la voz de su hija en una sola ruta y empezó a buscarla en otras. Acabó por querer oír la totalidad de los nombres de las paradas grabados con su voz, dijo Eduviges en el único alarde narrativo que le oí esa tarde. «¿Y se aprendió alguno?», le pregunté. «Capaz que se los aprendió todos», con-

162

testó, y me explicó que recorría cada ruta de la primera a la última estación, y si al subirse a un autobús de una nueva ruta la voz femenina no era la de Esperanza, se bajaba enseguida. Le pregunté entonces cómo se pagaba todos esos recorridos en autobús y me contestó que viajaba de polizón. Pero yo recordaba que los inspectores se subían a cada rato en los autobuses de Londres, y se lo dije. «Se había corrido la voz y lo dejaban en paz», dijo sin mirarme.

Lo miré con escepticismo. Londres es enorme y por más que el señor Ramiro se pasara el día completo viajando en autobús y utilizando diferentes rutas, era casi imposible que los choferes y los inspectores se hubieran familiarizado con su persona. Pero pensé en su chamarra forrada de lana, que sólo se quitaba en su hotel para dormir, y me dije que la historia del plomero mexicano que subía a los autobuses para oír la voz de su hija muerta bien pudo haber corrido de boca en boca entre las diferentes oficinas del TFL, hasta llegar a oídos de los inspectores, quienes se hacían de la vista gorda cuando lo reconocían por su vistosa chamarra de cuero. ¿Quién se habría atrevido a pedirle que se bajara? Era una de esas historias excéntricas que les fascinan a los ingleses y que sólo pueden ocurrir en Londres.

Ya casi no escuchaba a Eduviges, que una vez más había interrumpido su relato para explicarme no sé qué del piloto del boiler, y mientras él hablaba me imaginé al señor Ramiro instalado a perpetuidad

163

en Londres, recorriéndola a lo largo y ancho en el segundo piso de sus autobuses, asido a esa voz que ahora, muerta su mujer, era todo lo que le quedaba en el mundo. Lo veía enfundado en una chamarra rompevientos que alguien le había regalado, más eficaz para el invierno londinense que su chamarrón de cuero con forro de lana. Algo de inglés había aprendido y se sostenía haciendo trabajitos de plomería y pintura, principalmente para la embajada mexicana y para algunos mexicanos avecindados en Londres; se sabía todas las rutas del transporte de superficie y había recorrido Londres como nadie, pero entre él y la ciudad se interponía siempre el segundo piso de los autobuses, con aquella retahíla de nombres que tal vez había jurado aprenderse de memoria para la salvación eterna del alma de su hija. Y lo habría logrado, a no ser porque una mañana, quizá a principios de la primavera, al tomar su primer autobús del día, escuchó el nombre de la siguiente parada y sintió como un estilete en el pecho. No era la voz de Esperanza. Era más baja y gutural, quizá de una mujer negra, «otra bella voz extranjera». Se puso de pie y, bajando apresuradamente por la escalerilla, se dirigió al lugar del chofer, pero cuando llegó ahí no supo qué decir y se quedó mudo. Su inglés era demasiado elemental para externar una sorpresa o un reclamo. Se las había arreglado para permanecer callado durante todo el tiempo que llevaba en Londres, pendiente de la voz de su hija y cerrado a las otras voces que lo rodeaban.

—¡Ya quedó! —dijo Eduviges, sacándome de mi ensimismamiento, y me enseñó la rueda del mecanismo de encendido del calentador, que se había atascado y ahora funcionaba de nuevo. Le pregunté cuánto le debía, me dijo el precio, fui por el dinero, le pagué y lo acompañé a la puerta.

Elena y los niños no iban a volver hasta el otro día de casa de mi suegra y me quedé dando vueltas en la casa, sin poder quitarme la historia de Eduviges de la cabeza. Recité varias veces en voz alta: «This is a number 5 bus to King's Cross. The next stop: Euston», como quien pronuncia una fórmula mágica. Tal vez la misma mediocridad del narrador había beneficiado a la historia, obligándome a hacerme cargo de sus puntos débiles para completarla a mi manera. ¿Seguía escuchándose la voz de Esperanza en los célebres autobuses rojos de doble piso o, como yo había conjeturado, la habían remplazado por otra, ya que todo cambia en este mundo, hasta la voz que anuncia los nombres de las paradas de los autobuses de Londres?

La rueda del mecanismo de encendido volvió a atascarse dos semanas después, cosa que no me sorprendió, después de observar que el Eduviges plomero era igual de atrabancado que el contador de historias. Hablé al taller del señor Ramiro, decidido a no desembolsar ni un centavo más por esa reparación fallida. Me contestó el mismo señor Ramiro, le dije de qué se trataba y él exclamó:

—Ese chico sólo me ha dado dolores de cabeza. Voy para allá.

Hubiera preferido que regresara Eduviges, a pesar de que me caía mal, y estaba nervioso cuando le abrí la puerta al señor Ramiro. No se veía envejecido, traía su enorme caja de herramientas y, como conoce mi casa, fue directo a la cocina, donde está el calentador. Giró un par de veces la rueda del mecanismo de encendido y dijo sin mirarme:

—Tuve que correrlo, ese muchacho vive en la luna.

Desmontó la rueda y me puso en la mano dos tornillos minúsculos:

—Sosténgalos un momento, por favor, no me tardo nada.

Mientras componía el mecanismo empezó a silbar.

—Lo veo contento —me atreví a decirle.

—Desde ayer soy abuelo —contestó sonriendo—. Mi hija Esperanza tuvo una niña preciosa.

Creí haber escuchado mal y me aclaré la voz:

—Su hija, ¿la que vive en Londres?

—La única que tengo. Regresó cuando supo que estaba embarazada porque quería que la niña naciera en México.

Busqué algún signo de locura en su rostro. Dejé pasar unos segundos y dije:

—Eduviges me contó que usted fue a Londres a... visitarla (iba a decir «a buscarla», pero me detuve a tiempo).

Volteó a mirarme y dijo con expresión de lástima:

—¡Si le digo que ese chico anda mal de la cabeza! No he salido de México en mi vida… Ahora sí, deme los dos tornillos, por favor.

Madres y perros
se terminó de imprimir en el mes de agosto de 2016
en los talleres de Offset Rebosán,
Av. Acueducto 115, Col. Huipulco Tlalpan
C. P. 14370, México, D.F.